荣誉证书

江西高校出版社：

你社出版的《青少年素质读本·中国小小说 50 强》（50 册）荣获 2009 年冰心儿童图书奖。

冰心儿童图书奖评委会
2009 年 11 月 韩素音 Han Suyin 冰心

青少年素质读本

中国小小说50强

Mininovel

冰心儿童图书奖获奖图书

中国现代文学馆馆藏

等待一个人的演奏

安　庆◎著

江西高校出版社

图书在版编目（CIP）数据

等待一个人的演奏/安庆著. —南昌：江西高校出版社，2009.3（2016.6 重印）
（青少年素质读本·中国小小说 50 强）
ISBN 978-7-81132-573-7

Ⅰ. 等… Ⅱ. 安… Ⅲ. 小小说—作品集—中国—当代 Ⅳ. I247.8

中国版本图书馆 CIP 数据核字（2009）第 047060 号

等待一个人的演奏

丛书策划：尚振山
策划编辑：尚振山　周伟峰
责任编辑：魏文清　黄玉婷
特约编辑：村　流
作　　者：安　庆
出版发行：江西高校出版社
社　　址：江西省南昌市洪都北大道 96 号（330046）
编 辑 室：(0791) 88170528
市 场 部：(0791) 88170198
网　　址：www.juacp.com
印　　刷：北京一鑫印务有限责任公司
经　　销：新华书店
开　　本：710×1000　1/16
字　　数：190 千字
印　　张：12
版　　次：2016 年 6 月第 2 版第 4 次印刷
书　　号：ISBN 978-7-81132-573-7
定　　价：22.00 元

序

  这套《青少年素质读本·中国小小说50强》丛书精选了当今中国小小说界最具实力的50位作家，每人一部共50本书，所选作品也大都是这些作家的代表性作品。在即将付梓之际，出版者嘱余以序之，时间紧迫，惜不能将书稿一一细读，只能杂谈一点感受以求教于方家。

  对中国小小说的发展和小小说作家的创作我一直比较关注。这套丛书中有不少作家我是认识的，许多作家的作品我也拜读过，印象深刻。其中不少作家的作品深深影响了中国青少年阅读近三十年，相当多的作品入选小学、中学、大学语文教材乃至国外的中文教材。还有的作品成为了中考、高考、研究生入学考试的试题。国内不少知名的刊物如《读者》《青年文摘》《青年博览》等也都曾转载过其中的篇章。

  小小说近十几年发展很快，已经形成了一个不容忽视的文学现象。当前我们全国有一大批小小说作家，更多的、难以计数的读者则是它的忠实拥趸。许多小小说作家数十年如一日，潜心于这种文体的创作，正因了他们的不懈努力，才形成了如此纷繁茂盛绚丽多姿的小小说格局。很欣慰这套丛书基本上囊括了中国最优秀的小小说作家和他们的作品，不敢说没有遗珠之憾，但"鱼目混珠"肯定是没有的。通过这套丛书，读者可以窥望小小说作家们抱玉握珠的才华，可以领略当今中国小小说异彩纷呈的世界。

  题旨深度的开掘、情感魅力的展示、艺术表达的精妙和难舍难弃的吸引力，从来就是小说家们追求的境界。而小小说，它独特的文体，对这一境界的实现规定了独特的美学要求。小小说的巨匠们，是"带着镣铐跳舞"的大师，尺幅之间，可窥千里，一颦一笑，堪叹人生。无论是题材的选择，还是角度的切入，是意境的营造，还是语言的特色，都与中长篇小说大异其趣。我很高兴小小说写家们都已参透堂奥，他们的思考与追求，也就有了很高的自觉性。其成果斐然，自是题中应有之义。

尽管小小说写好殊为不易，但相对来说，还是比较适合青少年阅读与学习的文体。短短一两千字内，用精准的文字讲述一个引人入胜、相对完整的故事，好看、好读、好玩，颇符合青少年的阅读心理和阅读习惯。小小说无论写人绘景状物，还是记叙抒情议论，诸多写作手法或技巧的运用，很能锻炼、考验习作者的想象力和文字功底。由此，这套丛书的定位——青少年素质读本，其良苦用心就显而易见了。在文化阅读市场普遍比较浮躁的当今，出版者能够静下心来，专注地为青少年学子编辑一套适合他们阅读的丛书，这是令人钦佩的。看得出，让青少年读好书，读有益于他们成长的书，是这家出版社的良苦用心。《青少年素质读本·中国小小说50强》的出版，在力争打造青少年及大众阅读出版的一个新标杆。

我相信，通过这套精心编选出版的丛书，将可能为中国青少年整体素质的提高做出一点贡献；同时也希望通过这套丛书，能培育出更多热爱文学热爱小小说的青少年读者和作者，因为中国文学的未来最终是属于他们的。

是为序。

中国作家协会副主席
中国现代文学馆馆长

目 录

眼 睛

40 岁那年他送 13 岁的女儿去城里上初中。

去学校报到的前一天，女儿站到他面前："爸，我要走了。有什么要交代的吗?"

老莫看看女儿，仰仰头看看已经过时的木质房顶，看看房梁上两只即将南飞的燕子。老莫说："把你的画夹拿来。"

女儿从小爱画，有画画的天赋，她的画在学校有些名气。女儿有些疑惑地拿出画夹，画夹展开是一张洁白的画纸。

女儿看着父亲："爸。"

老莫拽拽上衣，捋捋头发，屁股在椅子上挪了挪，坐得端端正正。

"没有什么要交代的。我要你画一张画，画我的眼睛。"而后两眼静静地看着女儿。

女儿和父亲对视着，慢慢地执起画笔。女儿画得很认真，画笔显得凝重，渐渐的父亲的头部轮廓出现在洁白的纸上，再慢慢地画那双深沉似海的眼睛。画的过程中，她几次凝视着父亲的脸，凝视着父亲的那双眼睛，甚至停下了画笔。老莫看见女儿的眼里渐渐地蓄满了泪水，直到老莫提醒女儿，女儿才又重新画起来……

画完了，终于画完了。几乎花费了将近两个小时，女儿才完成了这幅叫做《父亲的眼睛》的画。扔下画笔，她再也抑制不住，扑进父亲的怀里呜呜地哭起来。老莫抚着女儿的头，一种如山的父爱和岁月的沧桑袭上心头。

1

好久，好久，女儿由恸哭变成抽泣，偎在父亲的怀里像一只猫。女儿擦擦眼泪，娓娓地说："爸，长这么大，我第一次这样仔细地看你的眼睛。爸，你的眼里藏着很多东西，真的，那么丰富的内容。爸，你老了，你的眼角有了那么多的皱纹……"他仰着头听着女儿的叙说，泪水再一次从眼眶里溢出。慢慢地，女儿偎在他怀里睡着了。

女儿走了，女儿在城里的振兴中学。

女儿每周回一次家。周末的傍晚，老莫和妻子蹲在路边等着女儿从那辆城乡中巴上走下的身影。

这年初冬老莫进城去文联开一个座谈会，座谈会结束，老莫去了振兴中学。

老莫走进振兴中学时下午上课的铃声刚响。老莫站在校园里，有些迷惘地在匆匆的人流中寻找着女儿的影子。忽然他听见一声喊："爸。"女儿气喘吁吁地站在他的面前，脸红扑扑的。女儿说："爸，你吃饭了吗？"

老莫点点头。老莫看一眼女儿："你上课吧，我走了。"女儿拉住父亲的手，女儿把老莫领到她的寝室。女儿说："爸，你歇会儿，等我下课了你再走。"

老莫看见女儿的寝室收拾得很干净，在女儿床头桌子的玻璃板下，他看到了那幅叫做《眼睛》的画。

老莫很久很久地看着这幅画，他眼角的鱼尾纹画得很逼真。老莫翻看了女儿的书，看到了女儿的日记本，日记本里竟也有一幅题名《眼睛》的画，规矩地夹在日记本的中间。隔一页老莫看到了女儿的日记《父亲的眼睛》：不是父亲让我画眼睛，也许我一生都不会这样认真地看他的眼。那是双充满内容的眼，有一种深沉的父爱，有对女儿的期望，有一种慈祥，从父亲眼角的皱纹中我读出了父亲的艰辛。13岁，不小了，这双眼睛让我学会思考，告诉我不要辜负父母的希望……

从此老莫没有再去过女儿的学校，只是每个星期天，总要亲自下一次厨。

女儿顺利地考上了县一高，在学好课程之外，依然执著地爱着画画。暑假里骑一辆自行车去西山写生，有时老莫也孩子似的陪着女儿去。

三年后，女儿考入省美院。大二的时候，女儿的作品开始发表，那幅《眼睛》被登在北京一家权威杂志上，受到好评。

大三的那年冬季，省美院为女儿举办了一场个人画展。女儿提前约父亲，请父亲一定参加。开展的那天下着小雪，展厅外一片洁白。为等老莫，典礼推迟了一个多小时。老莫到底没有来，女儿无奈，把一幅大大的题款《眼睛》的画放在主席台上的一把空椅上。

仪式结束，客人们涌进展区，她怅然若失地踱出展厅。雪已经把这个城市变成了银白，有一只鸟儿从低空掠过，她觉得此刻自己像这只鸟儿一样孤独。然而刹那间她眼睛一亮，眸子里盈满了泪水。她看见了那双眼睛，还有母亲的身影……

雪在无声地下着，世界一片纯白。

羊倌儿

羊倌儿坐在山坡下的一块石头上，系着红缨的羊鞭放在石头旁，细细的胳膊在膝盖上并着，怔怔地像在想着什么。其实羊倌儿是个才 13 岁的小姑娘，刚上完小学，因为家里困难，不得不辍学。

羊倌儿抬起头，看见一个人正风尘仆仆地走来，身上背着一个画夹。她知道这是来画画儿的。她也爱画画儿，不经意画出的山、画出的鸟也惟妙惟肖。老师曾夸她有画画儿的天赋。可是自己这一生也许都背不起画夹了。连正常的学也上不了，哪里还敢奢望做什么画家。

画家看着少女和羊，呆了一会儿，支起了画板。少女看看正贪婪吃草的羊，挪了挪放在身边的羊鞭。少女不知道画家在画什么，想走过去，又怕惊动画家，就依然茫然地坐着。

画家画完了，示意少女走过去。少女看见她和散乱的羊、放在石头旁的羊鞭都画进了画。画取名"羊倌儿"。少女呆呆地看，沉迷于这画的神奇。

"多大了？"画家问她。

"13 岁。"

"怎么没上学啊？"

"家里穷，妈一直有病，爸顾不了。"

画家拽拽少女的羊角辫，看看眼前的山，叹息一声。停了一会儿，手伸进口袋，摸出一些钱，塞到少女手里。

"上学吧！"

"这……"

"够吗?"

"叔叔,我不要,我……"

"你不想上学?"

少女动摇了,两眼汪着泪,手使劲地攥着钱,仿佛抓住了希望。好久,少女说:"叔叔,你是好人。"少女哭出了声,就要下跪。

画家赶忙扶住,拍拍少女的头,收拾画夹。

少女一把抓住画家的胳膊:"叔叔,我要一幅画。"

画家看看眼前的山,看看羊,看看少女,又操起画笔。不一会儿,一幅画又跃然纸上。画上几只羊散乱地在山坡上啃草,少女执着羊鞭,看着不远处的几座校舍。画取名还是"羊倌儿"。

少女又走进了学堂。她把那幅画好好地保存着,也常常把那幅画拿出来看,常常想起那个画家,可是却不知道画家在哪里,画家是谁。他留下的这张画也是一幅没有落款的画。少女就发誓自己也要成为一个画家,发誓要找到画家。少女凭记忆把画家的肖像画了一张又一张,可总是画不好,画不像。

7年后,少女带着当画家的愿望真的走进了一所美术学院。少女随身携带着那幅题名"羊倌儿"的画,渴望找到当年的那位画家。在这之前,她也曾和老师到所在县的文化单位寻找打听过,但都没有画家的消息。进入美院后,学习之余,她暗暗地对学院的几十个教授、讲师相了面,但都不是她要找的那个画家。她拿了那幅画去找她的班主任,班主任看了画说:"这是一幅有功底的画,可是没有落款,这表明他不想图什么报答,你就打消寻找他的念头吧。"她迷惘地摇摇头,走出班主任的办公室。

暑假,少女回到故乡。那个傍晚,她禁不住又走上当年她放羊的那个山坡。这时奇迹出现了,一个背着画夹的人正出神地站在山前。少女奔过去,看那画家的脸、画家的身材,正是她要寻找的人。她一把抓住画家的胳膊:"叔叔,我找你找得好辛苦!"

画家好像有些迷惑地看着她。

少女急急地解释说:"你忘了,几年前,我在这个山坡上放羊,是你支持我重新走进了学堂,还留给我一张题名'羊倌儿'的画。从此,我发誓也要成为

5

一个画家，现在我已经如愿走进了美术学院。"

　　画家笑了，可是他说："我不是那个画家。"

　　她说："可是我看你是呀，几年来我在脑海里一直默记着你的形象。"

　　画家看看她，看看眼前的山，对她说："对不起，我真的不是你说的那个人。"

　　她倔强地说："你是，你留给我的那幅画我还藏着，你等着，我去拿来。"

　　可等她拿着那幅画回来时，却不见了画家的身影。她哭了，她向着山下大喊："好人，你回来，叔叔，你回来……"

　　满山都回荡着她的喊声。

画 像

　　同一天，小城内的几个画像馆走进同一个顾客。他穿着档次不算太高的西服，系着领带，戴一副近视眼镜，很严肃的样子。

　　"师傅，我想请你画一张像。"

　　"好呀，给你画，还是给谁画?"画像馆的生意很惨淡，他们都很热情地答应，很想揽下这一桩生意。

　　戴眼镜的年轻人说："给我娘画。"

　　"带相片了吗?"师傅伸出手向年轻人要相片。

　　年轻人回答："没有。"

　　师傅说："那，你家住哪儿，要不我跟你到家，看看本人，画得更好。"

　　年轻人摇摇头："我娘已经过世了，而且一生清贫，连一次相也没照过。我想请师傅根据我的记忆，我的叙述，凭你的经验，画出来。价可以随便开。"说着从衣袋里拿出一叠钱来。

　　画像师傅摇摇头，几个画像馆都不敢答应他这个条件。

　　年轻人很失望地离开这个小城，回到生他养他的那个靠山边的小村。回村的第二天清早，他上山踱步，在山腰，遇到一个正在写生的青年。他在那个写生的青年背后站了很久，等他画完了几笔大写意，他跟这个青年搭上了话。青年告诉他，他要在这个纯朴的山村完成几幅实习画，从昨天开始，已经在村委会的一间旧房里住下了。年轻人像忽然遇到救星似的，紧紧地拉着青年的手，把想补一张娘的画像的想法诉说给青年。那画画的青年听着，凝神端详着他。出乎年轻人的意料，青年竟答应试试。

第二天，青年就根据他的介绍，根据自己的想象开始作画。一张又一张，昼夜不休，每画过一张就让他过目，画到 108 张，他却还是对着一张又一张摇头，否定。青年仍默默作画，丝毫不显烦躁。

这一天晚上，青年又完成一幅画。由于过度的疲乏，他和衣躺在床上。后来，青年被一阵抽泣声惊醒，猛然起身，看见他正端详着那幅刚完成的画，两眼泪水模糊。他见青年醒来，一把攥住青年的手："这是我娘，这就是我娘啊……"

青年告诉他，昨天他还完成了另一幅画。说着从床头相册里很恭敬地拿出一张，同样是一个纯朴的农村老大娘。青年说："这也是我昨夜完成的，这是我娘。我 16 岁丧母，为了画一张母亲的遗像，我才开始爱画，习画，后来进了省美术学院……"

两人竟各自对着画像放声大哭起来。

哑 女

　　小城的公园边开起一间画店。

　　画店的老板是个姑娘，秀气而有气质，但遗憾的是，她是个哑女。

　　谁也不知道哑女的具体来历，只知道哑女不但卖画，还画一手好画。

　　哑女善画的是花鸟。

　　情人节那天，街上出现了很多卖玫瑰花的，她却画了上百幅各类姿态的玫瑰挂在门口，还用宣纸写了这样一则广告：玫瑰花会凋谢，画上的玫瑰永远盛开。画竟卖得特快。

　　姑娘虽哑，却长得标致漂亮。长圆脸，鼻梁挺直，嘴角微翘；清晰明快的线条给人俊朗聪慧的印象，目光流转之中暗藏深虑。有人叹息，这么好看的姑娘怎么会是个哑女呢，真是人无完人啊。哑女不会说话，就在柜台上设置了一块类似小学生练字板的对话板，让顾客通过对话板与她讲话。

　　秋天，小城举办了一次画展。

　　这天，一位外宾在市宣传部领导的陪同下到这个县观瞻文物古迹。看过寺庙，县委宣传部的何部长说："我们县正在举办一个画展，请领导和客人光临。"

　　客人和领导兴致勃勃地看画，忽然他们被一幅画的气韵折服。画取名"小鸟在歌唱"，画面上是辽阔的水域，水域上一群鸟儿欢快地歌唱着，站在水域边的少女挥着纤长的手臂，神情庄重地凝视着满天的飞鸟。画题款"哑女"。

　　外宾和市县领导去看了哑女的画店，外宾挑了哑女店里的几幅画，包括那幅"小鸟在歌唱"，一共出价10万元。哑女却不肯出售那幅正在展览的"小鸟在歌唱"。市县领导和她对话，外宾也加价，她都固执地不肯。外宾只好遗憾地带走了另外几幅画。

哑女一时成为小城的名人。

哑女的画店开始门庭若市，哑女所作之画皆被抢购一空。但哑女作画仍很认真，每天一到两幅，而且随心所欲，从不按谁的意思作画。那幅"小鸟在歌唱"，后来又有好多人高价索买，但她到底不肯出手。

她的画成为小城的名品。

有一天，一位须髯飘飘的老者走进画店，看过画后，再看哑女的眉、耳、舌苔。而后在写字板上说："我可以为你医病，至少能使你恢复听觉。"说过就要为哑女诊脉，但哑女拒绝了。

哑女很用心地画画，她创作的题为"小鸟、小鸟满天飞"的组画在市报、省报、省美术月刊连续发表。哑女沉浸于一种高亢的创作状态，有时为了创作甚至暂时停止了经营。

隔几日，老者又来。

老者说："我看过，你是半途失语。我大半生的务医生涯，积累了一些经验，在专治此类病人上也算有些成就。我一文不收，只想为一个才女办一点实事……"

哑女顾自地调着颜料，展开宣纸，准备画一幅她昨晚构思的叫做"宁静"的画。

她旁若无人，一个时辰的一幅题名"宁静"的画成就。哑女让老人看画，画上：纯净的海水、纯净的天空，一只鸟儿在天空心无旁骛自由自在地飞翔。

而后，哑女在画板上对老人回话："正因为我曾经不是哑女才拒绝就医。我想保持一份清静的心境，有了这种心境，我想我能画出更多更好的画。老人家的心意我领了。"

哑女把这幅题为"宁静"的画送给老者。老人收好画，不再言语，默然地离开画店。

又过了一段时间，画店关门了。

有人说姑娘到外地写生了；有人说姑娘又到另一个城市去开画店了；有人说姑娘不开画店了，专门在家画画；也有人说是那个外宾把她请走了……

众说纷纭，谁也不知道姑娘的真实去处。

写 生

　　画家在山前几乎画了一整天的画，九岭山小而见奇的风光令画家流连忘返。画得有些乏了，画家收拾画板进村讨水喝。

　　小村很静，山虽然是奇山，但座落在山下的村庄却显得有些偏僻。画家踩着村中的石板路走了一截，抬手敲响了一家的门。开门的是一个女子，画家赶忙介绍："我在山下写生，画得又渴又累，来讨口水喝。"女子拉开门，说声："进来吧。"画家却听出女子的声音不像本地人。再看那女子，秀气的脸上透着困乏。

　　一方石桌，几方石凳，女子把一碗开水端到桌上，又用脸盆盛了凉水，放了毛巾让画家洗。画家坐下慢慢地喝水，水甜甜的。画家禁不住地夸："山里的水真好。"

　　"那就多喝点。"女子就又续水，话音侉侉的。虽听出不是本地人，又一下子说不清是哪里人。

　　女子愣愣地看他喝水，像在说什么话，却又两眼不住地往屋里睃。

　　"嫂子，你不是本地人吧?"

　　没等回答，从屋里闪出一个汉子来，一脸的沧桑。画家对汉子解释："我在山下画画，讨口水喝。"

　　女子介绍："这是当家的。"

　　汉子问："还需要什么?"

　　画家又喝了口水，掮了画夹站起来："不需要了，谢谢大哥，谢谢嫂子，趁天早我还要赶画。"

　　重又支起画夹，面对大山，聆听山鸟的啁啾，画家却怎么也画不下去了。画家脑屏闪过那倒水的白皙的手，闪过那女子复杂的目光，闪过女子欲言又止的神态。直到晚霞染红了山，画家收拾工具结束一天的写生时，却发现少了什么。画家匆匆地又踏上小村的石板路。小村这时候显得有些热闹，外出的、下田的，陆陆续续地往家赶。画家走过小街，不断有人侧目。敲了门，这次开门的是汉子。画家进了院子问："大哥，我刚才是不是丢了东西在石桌上，就是一个小本本，一支笔。"

　　"是这个吗?"女子从屋里出来，手托着他丢下的通讯录和那支派克笔，两眼直直地看着他。

　　"就是这些，麻烦了，谢谢。"

　　走出小村，画家展开小本本看。看过了，画家面对夕阳下的山又快速展开画夹。须臾，展现在画板上的是一个女子的速写。画完了，画家风尘仆仆地沿着山下的路走。

　　一连几天，画家没再来。几天后降了一场秋雨，雨后的山显得更加清秀。

　　这天画家又来了。看着雨后的山，看着山旁出现的一条小溪，激动地支起了画夹。画家画得累了，又到村里找水喝。雨后的石板街清清净净，画家又去敲那家的门，抬头一看门上了锁。有人告诉他，这家的汉子前些时候从人贩子手里买了一个女子，两天前女的被救走，汉子也被带到了局里。

　　画家点点头，长长地舒了一口气。

　　画家又去画画，画家笔下的山显得分外明净。

美丽的问候

　　姑娘承包了医院门前的一家小卖部。

　　姑娘有洁癖，每天把小店的内外打扫得干干净净，在门前放几盆蓬勃绽放的花儿，清清爽爽的，让人顿生一种惬意。忙完了，姑娘常常微笑着站在柜台旁，有人来买礼品什么的，就很有礼貌地打招呼："你好!"然后再问："需要什么吗?"

　　如果有人买了点心、水果、饮料之类，她轻轻地问一句："对不起，请问是不是到医院去?"对方点点头，她便从柜台一侧的花瓶内抽出一枝透着生命绿意的花儿："请把花儿送给你要探视的病人吧，赠送的，算是我们小店对病人的一点问候。"医院里的一些病房内便放上了姑娘赠送的花儿。花儿作为一种特殊的礼品，透过医院病房的窗台闪烁着生命的绿意。静下来的时候，姑娘常常凝眸病房的窗台，甚至向窗台上的花儿挥挥手。

　　渐渐地，小店赢得了一片赞誉。有人羡慕姑娘的做法，也在离医院不远处开了专售鲜花的小店，可行情不是想象得那么好，也并没影响姑娘小店的生意。

　　姑娘得到了大家的称赞。有人说姑娘不但长得漂亮还有一颗美丽的心灵，赠送的鲜花是为病人送去一份春天的温馨。可也有人说，姑娘这样做是揣透了病人的心理，是一种叫做促销手段的商业行为。有人揣测，不管怎样，姑娘这样做肯定有一种背景。有好奇者问姑娘，姑娘只是笑，不置可否。她依然每天把小店打扫得干干净净，店门口放几盆绽开着的花儿。有人到小店买礼品，她依然委托探视者捎去小店对病人的问候。

　　终于，有一天人们在市报上看到这样一则故事：两年前，一位姑娘的表哥住进了一家医院，她几乎每天都去探望表哥，为他带去水果等好吃的食物和书店里新进的图书。可表哥对这些好像不感兴趣，有一天表哥对她说："我什么都不要，我只要你能送一些花儿，有生命的真花。"姑娘顿悟自己忽略了这一点，从此姑娘每天都设法为表哥送一枝或一盆花去：月季、三色堇、水仙、仙人球、玻璃翠……和表哥同住一室的还有个男孩子，有一天看见她送给表哥的花就对她恳求说："可以为我也捎几枝花儿吗？我真羡慕你为表哥送的花儿。"从第二天起，她每天都要送两枝花儿到医院。表哥和那个男孩子同住的病房窗台上、床头边放满了各类充满生命活力的花。一个月后姑娘的表哥和那个男孩出乎医生意料提前出院，表哥重新开始了中断的学业，那男孩子出院后辞去了原来的工作，承包一片土地办起一个花圃。有一天，他们三人又坐在一起，一起回忆着在病房共同度过的日子，回忆着姑娘天天送花的情景。男孩忽然说："如果能在医院门前办起个什么门市，再免费请探视病人者为病人捎去一朵花表示问候多好。"他们的心都受到了触动，于是就有了这个小卖部。姑娘店里的鲜花来自男孩的花圃，他们现在已经是一对幸福的恋人了。

　　故事在这个城市流传，姑娘小店的生意越发兴旺。

深 秋

进入八月，秋梅的心就被拽回家乡了。

八月深秋，正是满野飘着玉米馨香的季节。这时候的秋梅有些激动地想着自家田里的玉米，想着玉米穗尖儿飘动的红缨子，仿佛看见母亲的身影，闻着玉米的馨香了。从离开家乡进入这个城市，秋梅坚持在每年的秋天请假回一次家。秋梅回家是去吃母亲煮的玉米穗儿，那是真真正正地享受大自然沐浴的玉米，不是现在城里一年四季都有的大棚里的那种。只有家乡的玉米才会包含那种土地的暗香，吃起来才会有那种含着甜香的双重味道。

一到秋天，秋梅就有一种莫名的感觉，就想回家，回家吃母亲煮的玉米。说不出自己为什么偏爱煮玉米，也许是自己生在秋天。母亲说生她前吃了两穗玉米，秋梅在胎里就闻着煮玉米的味儿了。父亲也是在秋季离开人世的，那时候秋梅才五岁，她隐约记得母亲拉着她和哥哥站在父亲坟前茫然的哭声。几年前的秋季秋梅离家的前一天，母亲默默地挎着荆篮去地里摘回几穗玉米，然后把黄澄澄的熟玉米放在她的眼前。母亲说：孩子，想吃玉米时就回来。

一进入八月，她就有一种归心似箭的感觉。八月里，到处葱葱绿绿，蜻蜓在青草上飞来飞去，蛐蛐儿在草窝里唱着小曲，秋雨过后满野的空气格外清爽。回了家，母亲常挎着那只荆篮往地里走，瘦瘦的身影淹没在无边的青纱帐里。那一年看母亲挎着荆篮往地里去，她跑过去要挎篮子，母亲不丢，她就挎着母亲的胳膊，她看见母亲日益多起来的白发像玉米缨子一样地飘，心里隐隐地有些忧郁。人干吗要老呢？母亲这么慈祥的人也会老呀？

水在火上滚，几分钟后那玉米的香味儿溢得满屋子都是。母亲说：成熟前的玉米穗儿，也就是熟到七八成时的嫩玉米煮出来最好吃，干干净净的黄像刚刚升起的太阳的颜色。秋梅有一次和单位的几个人进饭馆吃自助餐，一伙人津津有味地抢吃切成一截截的玉米，只有秋梅稳塔似的坐着。有人问：秋梅，你不吃呀？秋梅摇摇头。真的，秋梅从不在城里的街上买玉米吃。她只喜欢吃母亲煮的玉米。有一次吃着吃着，秋梅忽然冒出这样的灵感：吃母亲煮的玉米，好像在吃母亲的奶。秋梅为这种想法激动，更坚定了回家吃玉米的念头。

往往是玉米煮熟了，母亲把一锅的玉米从火上端下来，把一个个玉米穗捞进灶台上的一个用秫秸编成的小筐里。一缕缕热气喷着一个个小小的气柱，幻成气圈儿往上蹿。晾几分钟，母亲把一只玉米穗递给女儿，女儿接过来，瞅着母亲也拿过一只，便贪婪地吃起来。

这时候女儿就要告诉母亲自己在城里的一些消息，让妈妈为自己高兴。秋梅说：妈，我受了奖励，工资又长了一级。妈问：真的吗？秋梅说：真的，我能骗妈吗？妈嘱咐：做本分的人，好好干，干好才有出息。秋梅点点头，她看见母亲脸上绽出了欢喜的笑容，她迎着母亲的目光笑得露出了白白的牙齿。

有一次秋梅啃着玉米说：妈，我每年都回家吃你煮的玉米，每年。不，一辈子都回家吃，也给妈带来女儿的好消息。

母亲笑笑，脸上的皱纹往一处挤。妈不知还能给你煮几年啊，妈是煮一次少一次啊。

秋梅急了：妈，你咋这样说呀？妈，你记着，女儿喜欢你煮的玉米，你要长生不老。

秋梅真的每年八月都回来一次。秋梅有一个哥哥，哥忙，要种地还要抽空做些生意，很少和妈在一起。那年八月她去找公司的经理请假，经理说：好像你每年八月都要请假的。

她说：是，每年和母亲约好了，回家吃妈煮的玉米。

这年回家，母亲挎着荆篮往河滩走。秋梅有些迷惘地跟着母亲，母亲把她带到河滩上一片勃勃生长的玉米旁。秋梅看见玉米穗上的红缨子舞动着，一群麻雀唧唧喳喳地叫在河滩的上空。水细细地流，瘦瘦的河道淌着一股清流，水边长着极肥的草，有人在草地上放牧牛羊，时不时传来牛羊哞哞咩咩的叫声。母亲站着，母亲说：咱家的责任田被新修的公路占了，这是我开的荒。

开荒？

母亲点点头。

母亲庄重地说：我要让你每年都吃到我亲手种的玉米穗儿。

秋梅呆呆地站着，秋梅知道开荒的艰难，要除掉荒草，剔走石子……她看着母亲，看着母亲越来越驼的腰，不知道该说些什么了。秋梅蓦地想起自己的那句想象：吃母亲煮的玉米像吃母亲的奶。那次秋梅吃得很慢，吃得很香。

又一年秋天，她又踏上回家的路。

妈！她喊着。

水开了，玉米在锅中咕嘟咕嘟地沸，玉米的香气出来了，溢得满屋子都是。秋梅把锅端下来，把玉米捞在那个每年捞玉米用的秫秸筐里，腾腾的热气顺着筐沿往空中飘。

秋梅把半截玉米放在妈的手里，妈倚在床头，慢慢地抬起手，把玉米穗慢慢地往嘴边送。秋梅也开始吃，吃另半截玉米。吃了几口，像往年一样讲她在城里的消息：妈，我要被提为公司广告宣传部的经理了，公司已经对我考察过，我写的两篇关于广告策划的文章在北京一家杂志发表了……

妈侧着头看着秋梅，脸上露着笑容，最后的笑容。

第二天晚上，母亲走了。

秋梅搂着妈，哭着，唤着，把个秋夜哭得好阴沉。

哥说：妈其实一直在等你回来。

妈葬了，坟地就在荒地的不远处。

又是一年的深秋。

这一天午后，秋梅打开寝室的门，哥风尘仆仆地站在她的门口。哥把几穗煮玉米递过来，说：照妈的嘱咐，每年的秋天我都给你送玉米穗来……

秋梅伏在哥的肩头，好久好久才抬起头，泪眼婆娑地对哥说：哥，回去告诉妈，每年秋天我还回去，咱一起去看妈，还吃那片荒地上的玉米穗……

兄妹俩相对站着，眼里都汪着泪水。

那条小路是我踩出来的

那段时间，我每天都要顺着河边走一趟。

每天的早晨我都起得很早，我觉得这种行走的方式很有意思，沿着一条小路走出村子，然后慢跑，沿着这条小河开始我一个早晨的行走。

那是多年前山洪冲积而成的一条河，水不大，但很清澈，由于这几年水位下撤，这条小河实际上只是一条小溪了。我站在小河的旁边，看水清澈地流动，有时拣起躺在脚边的一块沾着泥土的石头扔过去，让河里的水把石头洗干净。在把石头扔进河里时我的心情变得很愉快。人获得快乐的方式其实就是这样单纯。

从那时起，看河水的流动成为我每天早晨固定的一种生活。

有一天，我走过河边，要拐进回家的一条小路时，猛然发现面前站着一个老人，一个河对岸那个村庄的老人。那老头满脸的皱纹，两眼往我的身后瞅。我的身后是一大片开出的荒地，麦苗正青青地生长。我这才幡然醒悟，经过那段时间的行走，我已在那块麦田里踩出了一条小路，其实，我在欣赏河水的流动时已经无意间伤害了那些麦子，也损伤了老人的劳动。我顿然感到一丝惭愧，我停下脚，看着面前的老人，支吾着："老人家，这荒是你开的吧？"老人微笑着点点头。我的脸有些红，我指着麦地里那些撂在一起的脚印说："这条小路是我踩出来的，我每天都来河边走，不知不觉就踩成了这样。"老人往身后的田埂上退了几步说："没事，你走你的路吧。"

我走了几步，又回过头，惭愧地看着老人。我说："要不，我做些赔偿吧。"

老人又笑了。老人说："走吧，这原本就不是正经的农田，是我打发闲光阴开出来的，你不用挂在心上。"

可我还是挂在了心上。从那天早晨起我不再去那条河边了。那条河边有很多开出来的麦地，如果这样踩下去，那些麦子恐怕真的要长不起来了。

我换了一个方向散步，仍然每天早早地出村。我去村东的一个破窑场，我踱步到那里，看破窑的半腰长出几棵野树，野树上落着几只不知名的鸟儿。我在那里伸伸腰，做一下深呼吸。可我禁不住地想念村西的那条小河，想念那清澈的流水，那流水上的鸟影。我向那条小河的方向眺望，眯着眼，好像流水的声音已在耳边了。

我禁不住还是去了，又沿着那条河边走。一步，两步，我走的那段小河大约有一千多米。分别几天，我有些激动，看着那清清的流水，眼角几乎要噙上泪水了。人的生活中能有一条如此清澈的小河是多么幸运啊。那河床上不断有鸟儿掠过，河两岸生长着葳蕤的青草，农人的牛羊在河边啃草，到河边汲水。这是一幅多么融洽、多么怡人的自然图画。在我离开家乡的时侯，我曾经那样强烈地怀念小河，怀念河边的景色。我想起一句"静水流深"的句子，想起一位歌唱家唱的那首《故乡的小河》，想起一位作家的话："我愿意像河水静静地流淌。"

我又碰上了那个老人。老人坐在岸边的田埂上，看见我便站了起来。我禁不住又往身后看，我看着麦田里小路的痕迹，一行新的脚印摞在了那条小路上。我说："我……"

老人说："你不对，你做的不对！"

我说："我知道我做的不对，可我想这条小河，就又过来了。"

老人说："你躲我？"

我说："没有，我又去了我们村东的窑场。"

老人说："我不是这个意思。"

我说："那……那你是什么意思？"

老人说："你觉得我有那么小气吗？你觉得我就那么怕踩几个脚印吗？我就这么在乎那几脚荒地吗？"

"我，我不是这个意思。"

"可你咋就不来这河边走了？我等了几天都没见你，你知道吗？告诉你，如果你真不敢走了，你真的要赔我的荒。"遇见了一个倔老头。

那条小路越踩越深了。多年以后我也不会忘记，那条河边曾经有我踩出的一条小路。不，是一个老人要我踩出来的！

听 雁

我是从那个夜晚开始真正喜欢上大雁的。

小时候我就喜欢仰望高空看大雁飞行，和伙伴们拍着巴掌，扯着嗓子："大雁大雁高高飞，大雁大雁排好队。"大雁在喊声中会很整齐地排成一个"人"字，嘎嘎叫着飞更高更远的路。高中毕业的第二年，我报名上了中文函授。一个深秋的夜晚，在城里听完讲课已是十点多钟。我孤身一人沿着河堤回家，没有自行车，我是步行走那十几公里的路。风凉凉地吹在身上，河水在夜幕中静静地流，漫野黑黝黝的庄稼一眼望不到边，高出庄稼的坟树在秋野里晃着枝条。我感到孤独，甚至感到了害怕。一个十七八岁的孩子匆匆在夜色中行走，真的有一种恐惧感。在我走了三分之一的路程时，我看见一个破砖窑，窑荒废着，阴森地长着野树和野蒿，我的头发都支棱起来了。这时候忽然一阵嘎嘎的叫声，那叫声来得太猛使我浑身一阵激灵，"啊"地喊了一声，顿然有一种想哭的感觉。我在泪眼中看见从河滩上凌空而起的是一群大雁，翅膀的扑棱声在静夜听得很清。然后又是几声雁鸣，我的心慢慢平静了，也明白了刚才是我惊动了大雁。我站在河堤上看大雁一只只从河滩飞起，我可能惊动了它们的梦，可是我必须深夜回家，这是无奈的事情。在看了一阵大雁的飞旋后我继续赶路。

就在那一刻我心里不再害怕。

然而，意想不到的情景出现了。那群大雁不知什么时候已经飞在了我的头顶，它们飞得不紧不慢，不时在头顶叫上几声，叫声传得很远，夜被雁声叫得更加幽远，叫声也驱散了我的孤寂。我很快走完了十几公里的路，很快就看见了村庄的影子。我站在村口对大雁说："我到了，谢谢你们。"雁儿又叫了几声，向远方飞去，我站着，直到看不到大雁的影子。

几年前的一个夜晚，我的一个朋友又驾车把我拉上这条大堤。也是深秋，车子在路上巅簸。朋友说："今夜我们去放松放松，寻找一种刺激。"我问他什么意思，他从车座下摸出一杆汽枪："我们去河滩打大雁，让你吃一顿雁肉。"我浑身一颤，朋友却兴致正高，"大雁喜欢潮湿的河滩，和人类夜里喜欢钻进房子一样。"

那个晚上我把朋友劝进了城里一家饭馆，我请他喝酒，向他讲了那个秋夜大雁伴我回家的故事。我说："我是从那个夜晚开始真正喜欢上大雁的，你永远不要打大雁，也不要打鸽子、麻雀，它们其实都是人类的朋友。"他喝着酒，静静地听我讲完，默默地点头。

喝完酒，他送我回家。在河岸边，我静静地站着，看着平静的河流，望着夜色中的河滩，我知道在河滩的某一个地方可能正卧着一群可爱的大雁。我想告诉它们：我一直感谢它们，喜欢它们，无论我身处逆境还是顺境，都不会忘记那个大雁相伴的夜晚，那是我为事业为人生奔波奋斗的开始，那个毛头小伙儿如今已逐渐成熟。

去年秋天的一个夜晚，我又独自走到了那条河边，在河滩寻找大雁的踪影，用烟头的光寻找河滩上的雁粪，寻找大雁落下的温馨。我在河滩上坐了一夜，也没有见着大雁。

但大雁一直藏在我的心灵深处，每当看见大雁的影子，听见大雁的鸣叫，我的心跳就会加快。也就是从那个凌晨，我有了一个计划：每年的秋天我都要选择一个夜晚到河岸上走走，到河滩上坐坐，去寻找我心中的大雁，去聆听一次大雁的鸣叫。

老曼的眼

我一定要还了老曼的钱。

不能再拖延不还了，尽管老曼和我是朋友。我不愿再看到老曼的那双眼，这些日子老曼老是用一双眼剜我，剜得我心里疼，有时剜得我整夜地睡不着。有一次，老曼去我家，我正对着颤巍巍的父亲嚷。我心情不好，动不动爱发些无名的火，包括对我父亲。我问老曼找我是不是有事儿？老曼剜着我，老曼说：我来找你要我的钱。

借老曼的钱是在那段喝凉水也塞牙的日子里，老母亲去世了，我下了岗，妻子又得了一种妇科病，我租了家门面房卖衣裳，不久街道改造，门面房被强制拆除了。就是那狼狈的日子老曼借给我一笔钱。

我知道我该还老曼的钱了，可我又实在还不了老曼的钱，老曼剜我我只有躲老曼。我一边躲一边想着得还了老曼的钱，我不能再让老曼剜我，我不愿因为一笔债丢了一个多年的朋友。这样想的时候我不再躲老曼了，这一次我迎着老曼走，走到老曼跟前我攥住了老曼的手。我说：老曼，你别剜我了，你想个法子让我快还了你的钱吧。你的关系稠，帮我物色一个活儿干。老曼低头想了想，递给我一支烟往前走。后来老曼说：兴许我能给你个消息。

我按老曼说的去槐树街找一个姓于的老板。我想我终于可以挣到钱了。于老板瞅着我喷着烟，老板说：是这样的，你去帮我找一个老人，那个老人在苍峪山，我进山的时候见过他，可我再去时他换地方了，你找到他我就给你一笔钱。

老板给的钱，差不多够还老曼了。

　　我进了大山，满山地找着那个老板要我找的老人。十天后我终于在一处山坳里见到了我要找的那个老人，那老人在一处坳里坐着，颌下是一根当拐杖的歪枣木棍子，身后是一座小石头房。我看见老人的耳根有一块大黑痣，我知道这确实是我要找的人。

　　我在老人的旁边住了下来，我开始细心地照顾老人。我用老板交给我的一笔钱帮老人把房子修理了，给老人买了很多的日用品；我每天给老人做饭，又找人把老人的被褥拆洗翻了新。一场大风老人咳嗽起来，咳得挺厉害，我耐着性子呆在老人身旁，跑十几里山路去给老人抓药，每天把药熬给老人喝。老人告诉我，他有儿子，儿子不孝顺，不安分，不懂得安分守己用汗水挣钱，儿子远走高飞地跑，估计已经遭了厄运了。老人说两年前有一个老板模样的人进山照顾过他，还给过他一笔钱，那真是一个好人。老人的话让我想起了家，想起了年迈的父亲，想父亲是不是也会咳嗽起来。

　　一个月后我回到村里。我走到村口时看见路口站着一个白发髯髯的老人，我的眼泪这时候就溢出来。老人抱着拐杖颤颤巍巍地说：儿呀，我可等你回来了，你走后我的咳嗽病又犯了，这段日子多亏了老曼……

　　我扑通一声跪在老人的面前，爹，原谅儿子以前对你的不敬吧！我头拱地呜呜地哭，我在哭中想起老曼想起那个老板。

　　我忽然明白了老曼的那双眼！

　　我忽然明白了老曼和那个老板为什么让我进山。

　　我抬起头，我想再看到老曼的那双眼。

等待一个人的演奏

一段时间，在一个城市的公园门口，经常站着一个带着小提琴的年轻人。他每天早早地来到公园，又每天晚上最后一个离开，在离开之前都要专注地演奏一曲。

10 天、半个月、20 天过去，树叶由绿转黄，城市的黄昏里透进了凉意，公园里传来了哗哗的落叶声。年轻人依然早出晚归，依然离开前失望又专注地演奏一曲，悠扬又带着惆怅的乐曲在小城的夜色里萦绕，听得出他的琴艺已到一定的高度。有一天，有人忍不住问他：你是在这里等人吗？年轻人终于说出了自己的心思：对，我在等待一个人。8 年前，我的父亲不在了，母亲又生了一场大病。那时候我才 13 岁，万般无奈，为了继续上学，继续学习我痴爱的琴，我抱着琴在这里演奏，用我的琴声乞讨。我博得了人们的同情，也募到一些钱。但我看到很少有人能静下心来听，我知道我的琴声还很稚嫩，但我是在用心弹奏。每天当我一个人站在门口独自拉琴的时候，我很孤独，我会想起我躺在病床上的母亲，但我坚持着。有一天晚上下起了毛毛雨，夹着风，大街静下来，我在细雨中孤自地拉琴。当我抬起头，看到一个阿姨站在面前，很认真地听我拉琴，我在秋风细雨中向她鞠了一躬。她递给我一方干净的手帕，说，孩子，擦擦头上的雨吧，你拉得很好。她说，一个月了，她每天都在听我拉琴，只是人多天好的时候我没有注意她。她帮我收好东西，说明天她还会来。以后的好长时间我都能见到她，直到我结束街头的演奏。最后告别时，她握着我的小手，说，孩子，你拉得真好，你会拉得更好。我们来个约定：8 年吧，8 年后的秋天我在这里再听你的琴。可是……年轻人说不下去了，抬起头在人群里寻找。周围静下来，年轻人又说下去：其实，我之后的路很不顺，多少次想过放弃，可我没有，我老是想起阿姨的话，想起和阿姨的约定，每次在我受挫的时候，就会想起阿姨。后来我去外地学琴，每到一个城市我都坚持去一个城市的公园演奏几次。8 年了，我可以向阿姨汇报了……

又一周后，年轻人要走了，要去参加一个国际大赛。在公园门口最后的那个晚上，他有些失落又真诚地委托大家：如果你们遇到当年的那个阿姨，请你们告诉她，如果她能听我演奏，我愿意随时从国外从外地回来。这一个月，我其实一直在等待给她演奏。

年轻人不知道，在听他演奏的人中有阿姨的丈夫，阿姨已在去年的春天走了。阿姨是一个老音乐教师，丈夫也曾经学过音乐，算是一对行家。当年在公园门口听琴后，阿姨回家说过他是一个有音乐天赋的孩子，如果坚持，将来能行，所以和孩子有了那个约定。去年春天，在病床前她握着丈夫的手，告诉他：8 年到了，秋天的时候来公园等他；他会按时来的，这是个有定性的孩子，他已经成功。丈夫来了公园，欣慰地听到了年轻人成熟的琴声。但他忍了又忍，没有告诉年轻人真相，他怕孩子难过，怕影响他的情绪。回到家，他站在妻子的遗像前，说：你放心吧，孩子长大了，成功了，去参加一个国际大赛，会拿一个大奖。等他回来我再让他过来看你，给你拉琴。

离 乡

安骆要把鸽子带到母亲的墓前。

安骆想：自己走了，应该由谁来替自己和母亲说话，和母亲聊天?

他们家住的是一个小土楼，两层，原来奶奶在这儿住；奶奶走了，母亲在这儿住；母亲走了，楼上的鸽子没走，鸽子喜欢小楼，还有麻雀。从坟地回来，他站到院子里，鸽子在楼顶盘旋，在夜空擦过一道弧线，鸽子的叫声在夜空穿行，钻进他的耳窝。就是这时他的心陡然抖动，开始把心计用在鸽子上，计划着把鸽子往母亲的坟树上引。那棵孤独的坟树上应该有鸽子的叫声。母亲喜欢鸽子，不然鸽子不会在家住这么多年，不会粘着他家的小楼不走。鸽子是恋旧懂感情的。他记得母亲临走前坐在院子里喂鸽子，他每天舀一瓢粮食放到母亲坐的门墩上，母亲把瓢放在腿上，看见鸽子，悠悠地撒过去一把粮食。那些粮食有时候是玉米，有时候是麦子，有时候是馍星子，有时候是轻盈泛红的高粱籽儿。鸽子听见响声落下来，小腿儿一跳一跳觅着粮食，头一点一点地叼，鸽子站在院子里，咕咕地叫，翘着头等母亲再往地上撒。母亲的嘴角泛上笑，又抓了一把，鸽子又咕咕地叫。鸽子叼一阵掠过房顶，母亲艰难地抬着头。傍晚的时候鸽子回来，再往地上寻，把地上的食儿再叼一遍。

安骆准备了三种食儿，还有鸽子的饮水。学着母亲的样子坐在门墩上，悠悠地往院子里撒，院子里砰砰啪啪地一阵，像崩在锅里的花椒。第二天安骆换了一种食儿，他得笼住鸽子，让鸽子习惯他，然后才是去实行他的计划。第三天他撒的是一瓢小麦，一把把一粒粒晶莹的小麦。他本来想喂鸽子谷子的，可是他找了几家也没找到谷子。村里种谷子的少了，谷子的产量低，种谷子麻烦，村里人就烦了，自己吃小米也要去市场上买了，或者坐在门口等卖大米和小米的人来。村里还种谷子的有三个人，一个是傅国军，一个是年老五，一个是田白孩。三个人都是老头了，没事的时候在沧河滩里开荒。三个人都是村里最喜欢吃小米的人，在开的荒地上就都种了一片谷子，谷子遭小虫子，小虫子就是麻雀。麻雀一群群地往谷地里飞，三个老人蹴在地头，每人手里握一个长棍子，长棍子头尖上系了一根细麻绳子，绳头上又系一个红缨穗，麻雀一来，长棍子就从一个老头的手里直起来，揉动在河滩的半空里，红缨穗像穿红衣的小鸟把麻雀赶跑了。麻雀从这片谷地飞走又看到了另一片谷地，坐在地头的老头又往头上揉绳子，麻雀又呼啦旋起来，麻雀又看见了另一片谷地。麻雀就这样飞来飞走和三个老头捉迷藏。所以他们都不再种谷子了，家里人也不主张他们种，太淘神，又不天天吃小米，都是大米、玉米粥、小米轮流着吃的，天天揉一根棍子，弄不好脚踩空就麻烦了。安骆就只好玉米、小麦轮流着撒，今天是玉米，明天是小麦，几天下来一袋玉米和一袋小麦都落下去半截。安骆觉得差不多了，安骆坐在门台上对鸽子开始进行回忆性教育，对鸽子说：你们记得几年前坐这儿喂你们粮食的那个老人么？就是我妈，当年吃食儿的也可能是恁妈或者恁爸，反正那个老人对你们不赖。现在她喂不了你们了，因为她搬家了，搬到村外住了，我找个时间带你们去看看，做人做鸽子都要讲良心的，不要人家不在这儿住了就把人家有过的恩忘了。又过了三天，安骆觉得差不多了，再没有心的鸽子也该有心了，也会听懂他说的啥了。要是母亲有张大照片就好了，把母亲的大照片放这儿让它们看看，看看就是这个人，病得不成样子了还天天喂你们食儿吃，她现在换了地方住你们说该不该去看看她，去陪陪她？安骆在觉得差不多这天增添了自信，他在前边走，让鸽子跟着，临出门的时候他挥了几下手。

　　鸽子还真讲良心，竟然真跟着飞出来了，还有两只分别落在了他的两个肩上。太好了，人和动物都是有情有义的啊。可是一出村鸽子哗地飞高了，在半空中旋着飞远了，肩膀上两只也随着群飞。他有些失望，骂了一句，真没良心。可是鸽子又飞回来了，两只鸽子又落到了他膀子上，他抖抖膀子，鸽子在膀子上抓得很牢。他说：好，你们这次不要离我的膀子，咱们现在就去看我娘。他带鸽子往前走。走了一截鸽子还是又飞走了，又带出一片鸽哨声，这一次他不管三七二

27

十一，一股劲地往前走：我不相信鸽子这样不和我合作。鸽子真又旋了回来，原来是鸽子们一出门就贪玩，孩子样地撒一阵欢又飞了回来。这样飞走飞回了几回，他站到了坟地。他跪下来，对母亲磕了一个头，脸朝向鸽子，鸽子们庄严地守在他的身边，白花花一片。他说：你们太好了，我不亏待你们。他把手伸进兜里，往坟墓前撒了一片食儿。

他这样带鸽子去了五天。

第六天他在院子里没有看见鸽子。他往院子里撒食，旋到院子里的只有几只雏鸽，他爬上楼，楼上只落着一层鸽屎。他纳闷地往坟地走，那样的情景让他激动：鸽子竟然盘旋在坟墓的上空，然后落在坟树上。他对娘说：妈，鸽子可以来陪你了。他仰起头，满眼泪花地叫了一声：鸽子，朋友们，你们真好，原来我的话你们都听懂了啊。

然后，瓦塘南街的人们看着安骆扛着包裹离开了瓦塘。

漂在河床上的麦穗

　　那个遥远的夏日，我和母亲去邻村捡麦。夏日的太阳下，我看见满地都是挎篮捡麦的女人。母亲佝偻的腰一次次弯下，凌乱的头发被风掀起。快晌午的时候母亲把拾的麦子摁在那只荆条篮里，嘱咐我把麦子先送回去。

　　那段记忆就刻在我回家的路上。我沿卫河大堤匆匆地行走，半途上我看见一棵粗大的桐树，树荫伸展遮住了整个路面。我拿定主意在树荫下凉快一阵儿再走，然而我忽然看见桐树下坐着一个满脸横肉的壮汉，身旁放一把铁锨和一顶草帽，一种不祥的预感生上心头。我打消歇息的念头，两眼直直看着前方，勉强支撑着往前走。"站住！"一声断喝从身后传来，我一个激灵，下意识地护住篮子。那透着凶光的汉子已经站到我的眼前。

　　"在哪儿拾的麦子？"

　　"在……在南地……"我战战兢兢地回答。

　　"不知道麦子不让拾吗？"汉子满脸凶气地问。

　　我说："是……是一块放了哄的地。"

　　"胡说，放了哄也不能让外村人来拾，把麦子放下！"

　　"不。"我紧紧地攥着篮子。

　　"放下！"那人在凶凶地命令。

　　一种本能的恐惧使我攥着篮子想夺路而逃，但篮子被狠狠扯住了。"哇！"我恐惧地哭了，静静的炎日下我的哭声在河谷回荡。

　　"把篮子放下！"汉子没有丝毫的妥协。

我在哭声中争辩："这是我妈拾的麦子，为什么要给你留下，为什么给你留下，为什么？""呜呜。""你不讲理，不讲理。"

那人似乎要和我赌气，猛地从我手里夺过篮子，我嚎哭着和他去争。他离我几步，身子向后一咧，篮子被他狠狠地抛出去，空中划过一道长长的弧线，转身看时，篮子已落进河床。

我眼泪哗哗地流着，然后是放声地大哭。我想起母亲烈日下的辛苦，湿透的衬衫。我拼命地奔下河滩，鞋在奔跑中丢了一只，衣服被河坡上的荆棘挂破。

一双粗壮的大手拽住了我，我猛地扭过脸激怒地盯着他，我愤怒地要咬他的手，他松开了，有些手足无措地看着我。我跳进河里，泪水合着河水流淌，我在哭声中捉住了那只荆篮，但篮里的麦穗已被河水冲跑。我站在河水里，看着麦穗飘在河床上，河床上的波浪一波波把麦穗冲走了，我就那样站在河水里看麦穗被一穗穗冲远。后来我掂着滴着水珠的空篮，穿着一只鞋，穿过大堤，蹒跚地回家。

终于等到了母亲回来，母亲心疼地搂着我，泪水滴下来。好久，母亲问："河水深吗？"我说："不深，再说，我已经会水了。"

妈说："可你还小啊，力气还没那么大。"妈把我的手握在手里，"妈不该让你独自回家，怨妈。"我看见泪水在妈的脸上爬。之后妈再也没让我跟她去捡过麦子。

后来我知道那个扔我篮子的人是邻村当时的一个干部，姓胡。

没想到我后来要和老胡打那么多交道。多年后我被招聘到乡里，而老胡其时已经是邻村的支部书记。这之后，我因工作关系不得不多次和老胡接触，但那曾经经历的往事是不好说出口的。渐渐地我发现老胡并不是那么凶神恶煞，他在村里还颇有口碑。他带着群众调整种植结构，在全村搞玉米制种，亩均收入是传统种植收入的几倍。

但那个结并没有从我的心中消失。

那年夏天，我陪种子公司的几个人在邻村呆了几天。一天午后，我和老胡沿村东的河堤散步，走到一处排灌站，老胡停下来。老胡看着静静流淌的河水忽然对我说："我给你讲一个故事。十几年前，那时候我年轻气盛，我在河边伤害过一个孩子。那一天，我在树荫下乘凉，就是这棵老桐树，多少年了，我一直没让处理。那孩子挎着一篮沉甸甸的麦子，我一赌气把孩子的篮子扔进了河里，那孩子哭了，疯狂地跑下河滩。我忽然害怕了，我紧跑几步拽住了孩子。可那孩子两眼愤怒地看着我，我丢开了他的胳膊。孩子什么也不顾地跳进河里，捞出了篮子，可麦子已被河水冲走了。直到孩子安全地上岸，我才放下一颗悬着的心……多少年过去了，我一直不能忘记那双倔强的眼睛。要是孩子那天有什么闪失，我一生都不能心安啊。我真是……"老胡说着两眼怔怔地望着河水。而后，老胡又怔怔地说："可惜，我已记不得当时孩子的面目了，也不知道他是谁。如果有一天，我能见到他，认出他，和他站到一起，我要向他深鞠一躬，向他道歉……"

老胡的故事实在让我难以自制，不知道此刻该说些什么。

老胡从沉吟中醒过来，忽然问我："你怎么了?"

我说："没事，我只是为这个故事感动……"可我的泪水已经挡不住了。

老胡忽然扳过我的肩膀，"你说，当年的那个孩子是不是就是你? 多少年来我的脑子里一直恍惚那个孩子的印象，从第一次见你，就觉得你和当年那孩子那么相仿，孩子倔强回头的样子一直刻在我的心里。是不是你，是不是……"

老胡抓住了我的手。

我依然愣着。

老胡双手作揖，在我的面前深深地弓下了腰……

一弯河水依然静静地流着。

三巴掌

17岁那年我外出打工，在林州的一个建筑队。我每天起早贪黑地在工地上和灰筛沙子，星光和阳光里晃荡着我的身影，有时候我还跟在师傅的后头抹砖缝，用的是一个小铁棒。我的手那时候还皮薄，经不住砖和沙子的折腾，尤其那种白石灰和水泥对手的刺激，没几天手上就磨出一溜的小血泡。我瞪着手上的血泡泡儿躲在工棚后的一片小树林里哭，小鸟哇哇地在我的头上叫，树叶儿滑过我的脸落满我的身。我对着水池照镜子，还是一个少年的我头发杂乱得像鸟窝，我是那样的狼狈，我的嘴唇干裂得像树上的疤。再说我也吃不惯工地上的那种饭，早上和晚上就是蒸馍就蒸汤水。我在一天背着行李偷偷地回了家。我回到家时已是黄昏了，我听见树上的斑鸠在咕咕地叫，奶奶楼顶上的鸽子围着我绕圈儿，我的眼泪"哗"地下来了。

父亲扇了我一巴掌，狠狠的、带着唿哨的一巴掌。父亲痛痛地对我说：你怎么能当逃兵呢？你怎么经不住一点苦和累啊？你才17岁，你人生的路还多么长啊，不受苦你怎么有出息？我咬着唇看父亲一双长满老茧的手。那一年母亲已经不在了，我看见父亲的手颤抖着，好像带着愧疚地对我说：爹无能，让儿子和我受苦了，可是谁不是苦中长大的，能受苦的孩子才有出息啊！第三天，父亲扛着我的铺盖卷把我又送进了城里的一个建筑队。

我的内心不服啊，不忍心我的出息从脚手架上往上长，不忍心让砖和铁架子的棱角把我想写字的手拉的满是血呀！我忙里偷闲饿狗一样地看书，曾经为买一本书我把刚买的一双运动鞋又便宜卖给一个工友，开始构筑我的文学梦，创作的种子就是那时候在心里发芽的。那一年秋天的时候我回家帮父亲浇地,我躲在齐腰深的玉米地里看书入了迷,地头的电机烧坏了我都不知道。我在玉米地里又挨了父亲的一巴掌,父亲封着我的领把我从地上拽起来,电机还在呼呼地冒黑烟。父亲说:儿呀,我不怨你看书,可是一个电机就是三百多啊!我什么也没说,我知道父亲在教训我干事儿不能三心二意。这年秋后我主动外出打工,去一个河滩上给拉沙车装沙子,我憋着气要把电机的损失挣回来。春节前我拖着疲惫的身把铺盖卷背回家时,父亲什么也没说,做了一碗热腾腾的卧了两个鸡蛋的面条递给我。

后来我经历了代课、搞运输、卖衣裳,也算是学会了生活。我的内心还是被一些不安分的念头拱着,甚至想按浪漫的想象外出生活。21 岁那年父亲给我找了个女孩子,想让婚姻绑住我,让我安分守己地过日子。一天夜里我打了那个女人,打得她跑到院子里呜呜地哭。父亲在深夜把我拉到村北头的一个树林里,又一次狠狠地掴了我一巴掌,深夜里能听见那巴掌呼呼的哨音在半空旋圈儿。父亲说:我一生都没打过你母亲,她和我死心塌地地过日子。现在你已经是一个丈夫了,根本的一点就是要知道尊重人。那一夜我没有回家,天快明的时候女人找到我,把我从地上扶起来。从此我和妻子再没有动过武。

一个星期天我回到家,帮父亲收拾着屋子,弓起身我看见父亲皲裂的手,太厚的皲裂已经看不见老茧了。父亲快 80 岁了。我紧紧抓住父亲的手,有一种东西在我的眼里打转。我又想起父亲那带哨儿的"三巴掌"。

打我三巴掌的就是这一双粗糙得像树皮一样的手啊,如果我现在活得算是有了一点小出息,我得感谢这双手,感谢那带哨儿的三巴掌啊。

父爱如山,父亲的三巴掌是这个世界上最贵重的教育、最难忘的教诲啊!他使我人生旅途中的脚步迈得更正,生活中的腰杆挺得更直。

那一年我有了一辆自行车

　　高中毕业的第二年我参加了一个中文函授班。家里还没有自行车，每一次我都是步行 30 里去城里听课。那时候城里到村里还没有通班车，进城只能到八里外的一个火车站坐火车。家里困难，我不好张口向家里要钱，有时候我就趁机跳上车，下车的时候匆匆地从火车站的一个豁口逃出去。可是有一次我还是被截住了，我身上仅有的几块钱让他们罚了，然后我在城里的大街上瞎转悠，等待着晚上的开课时间。没有了钱，我只好空着肚子。就是从那个晚上起，我开始步行去城里听课，夜晚下课之后再步行回家。白天我往县城去的时候还有可能搭上谁的车，但晚上回来就没有可能了，我是顺着大堤上的路回家的。夜静得很，星星和月亮在河水里炫耀着，风吹动着大堤下的庄稼叶子簌簌响。有一次，在半路上的时候我蓦然听见一群大雁的叫声，大雁从河滩里跃起来，在我的头顶绕，我先是被叫声吓楞了，后来我因为有了大雁做伴，有了雁的叫声壮了胆。那群大雁一直陪着我走，在我走进村庄时，大雁又向前飞远了。站在村头看雁的影子远去，我在心里感谢大雁。

　　我的母亲那时候已经患了重病，在医院住过几个月，在病床上卧了两年。但我每次听课回来都能看见母亲的身影，她倚着我家胡同口的那根线杆，张望着村口，张望着儿子的身影。母亲总是拉着我，然后才放心地舒出一口气，然后我搀着母亲往家走。我说：妈，你再这样我以后就不去听课了。可是我再回来的时候，又总能看见母亲的身影。

　　我和妈怄着气，我真的不去听课了。

那次妈流着泪，她说：是我连累了你，弄得咱家穷得连个自行车也买不起。妈又说：孩子，我知道你听课是想有出息，你就赶紧去听你的课吧！

我怀着向往又惴惴地往城里去。

就是那年的秋天，三叔忽然从济州回来了。他是搭乘厂里的顺路车回来的，他骑回来一辆崭新的自行车，"剑鱼"牌的。三叔说他在济州收到一封信，说他的侄儿听课半夜老步行回来，有病的母亲不放心老是在街口等，有时候拄着根棍子往村外迎。有人还给他寄了一百块钱，说是为这个有心的孩子买个车吧！

三叔摸着我的头，他拉着我站在我母亲的病床前，三叔对我妈说：嫂子，这样你就可以放些心了！

我听见妈长长地舒出一口气。

20 多年了，那辆车我还在骑。

妈也离开我们 20 年了。

拉石头

父亲去河滩里拉石头。

那一年我家准备盖房了，哥哥已经是一个大孩子，大孩子娶媳妇得准备好新窝儿。

拉石头的河叫沧河，父亲拐上河湾，眼里就有了朦胧的青石头，耳窝里有了流水声，雀鸟儿也从岸上的槐林里弹出来唧唧喳喳地叫一阵。石头沉，比金子还沉。第一次拉石头父亲贪狠，吭吭哧哧把架子车几乎装满了。父亲攥起车把往前弓着身，走一步，车轱辘往坑里陷一寸，父亲宽大的肩膀被拉带勒出了红道子，车子还是拱不动。父亲叹口气，可怜地把那些石头往脚下卸，还把卸下来的石头用路边的草掩起来。父亲再拉，车还是往下陷，他往前弓，沙地拽着车轱辘往后扯。父亲不得不把石头再往路边卸几块，再把卸下来的石头用草掩起来，用草棒在藏石头的地方做个记号。一路上，父亲几次无奈地往路边卸石头，最后卸得只剩下半车了，父亲走几步扭回头心疼地看着那些被藏在路边的石块儿。

星期天我陪着父亲去沧河滩拉石头。去的时候，我坐在车上，头顶是满天的星星。回家时父亲在我的肩头搭一根红麻绳，我和父亲一起拉着车走在回家的路上，总觉得回家的路很漫长。每一次父亲总贪狠，看中的石头就不愿再撂到河滩上，回家的路上又不得不把石头从车上往下卸。我和父亲一起去河滩的时候，走几步父亲就支使我往下卸，他用一种疼疼的眼光看着我和石头。父亲总让我一块一块地往下卸，有时趁父亲不注意我会往下卸两块。有一次我多卸一块被父亲看见了，父亲吆喝我再往回搬一块，我哗啦往石头上尿一泡，我说，石头稀了！父亲放下拉带，从车辕里钻出来把那块石头装回去。可是往前拱几步还是拱不动，父亲又让我把那块卸下来了。

有一天，父亲在拉石头上堤坡时，架子车的后档绳子开了，石头哗啦地流出来，顺着堤坡往下流，辕一沉，车把趴在硬路上，拉带还挂在父亲的肩上。父亲被车子拖着往堤坡下滑，拖得父亲满身都是血痕，脸上青一块紫一块。父亲在路边躺了好长时间，后来还是腐着腿把石头装上车，一腐一拐地把石头拉回家。那一次，让母亲的心疼了好几天。

父亲出事是我跟他去拉石头的那一天。已经是凉秋，拉石头回村的路上汗把他的衣裳洇透了，脸上的汗像从天而降的雨珠儿不住点。上西河桥时父亲摔开了架子车，一车石头滚下桥，发出嗵的一声震天的响声。父亲捂着肚在河滩上打滚儿，一条腿上渗满了血。我哭着往家跑，一路跑一路喊着"妈——"

父亲得的是肠梗堵，外加一条腿骨折。曾经动过手术的父亲肚子上又一次挨了刀。父亲出院是我和哥把他从城里拉回来的。车过西河桥时，父亲喊我们停下来，让我们拉着车往西河滩上拐。

那一天，我们是拉着父亲也是拉着一车石头回家的。

搀　扶

　　在城市的人流中，他搀着一位老人。

　　有儿子的搀扶，老人的脚步显得很稳，已经跨过几条马路几个街道了。一老一少的脚步和谈笑很默契。儿子的脸上架着一副墨镜，在搀老人过马路时才把墨镜摘下来，看得出儿子搀老人时的小心。他们走得很随意，儿子伸长手臂向老人蛮有兴致地介绍着，老人说时儿子虔诚恭敬地听，这时候儿子又戴上了墨镜。走路累了，他们就随便坐在路边的椅子上或大楼的台阶上，任人流跨过他们的周围，头顶飘过城市上空的云彩。那天游到正午，在一家小饭馆前儿子向老人说着什么，老人摆了摆手，有人听见了，老人说：论吃还是家常饭，我们就在这儿吃一碗面吧。于是儿子和父亲在那家小饭馆里吃得津津有味。

　　这是一个城市的片断，然而几天后他们的照片却上了当地的报纸，照片下标着：节假日市长搀老人过马路。照片上的市长没戴墨镜，照片的位置很醒目。

　　他有些气愤，想狠狠地教训这个记者，这简直就是恶作剧，是一种亵渎。但市里的工作正忙得焦头烂额，他把烦恼抛下了，投入到更加忙碌的工作中。

　　一个周末，在电视台一档情感节目里他成为一名特邀佳宾，他在最后，讲了一段情感故事。他说：40 岁我开始真正懂得怎样尊敬我的父亲，开始找时间陪伴父亲，搀扶父亲，那时候父亲已将近古稀。我的父亲是一个农民，至今还生活在百里之外的一个村子里。上大学时父亲为了供我上学，包租了别人的几十亩地，农闲的时候跟着建筑队打工。可是我曾经嫌弃过父亲。有一次父亲到城里找我，那时候我已经是一个局的局长，我正开会，父亲在会场外等我。他穿得实在、实在太朴素了，还在肩上给我挎几穗煮熟的玉米，然后当着走出会议室的那么多人的面喊我的小名，叫我，叫我泥鳅。我借着和别人握手的当儿，避开了父亲，可我再找父亲时不见了父亲的身影。我是撵到半路才撵上父亲的。父亲正步行回家，我拉他上车，他用劲搡开我。我只好步行跟着父亲。那天下着小雨，后来雨越下越大，父亲在雨中渐渐地走不动了。我搀着父亲，他指着满眼的庄稼对我说：儿子，这是土地，你就是土泥里生土泥里长大的，你上大学时已经 20 岁，你骨头缝里的泥这一辈子是洗不净的，你怎么连泥鳅都不敢承认呢？如果不敢承认，你就干脆别承认我这个爹，我也不承认有个叫泥鳅的孩子……

他说不下去了，摘下眼镜。

那天父亲打了我，在满世界的雨里，用一根折断了的玉米秸杆，我的身后是局里的小车司机。那天，那天，我跪在泥地里，我仰着脸，在满脸的潮湿里大喊：爹，我是泥鳅！后来，我慢慢地当了副市长、市长。就是从那一年开始，我每年都要陪陪我的父亲，搀着老人在村里在城市的大街上走一走……

市长站起来，他说：我永远都是一个农民老人的儿子，是那个被父亲叫做泥鳅的孩子……

鸽　子

　　我曾经做过代课老师，教当年一个初二班的语文课。

　　那时候，我爱写作，且已有作品在报刊发表，在那一带已经有些小名气。那位语文老师在住院手术前，执意指名由我替他代上几个月的课。

　　那应该是我生命中一段辉煌的时光，我和几十名学生相濡以沫地度过了一段美好的日子。虽然是代课，但我精心地备着每一节课，我结合我的写作拟成的作文讲座更是博得学生们的喜欢。

　　校园的旁边住着几户人家，其中一家是二层蓝砖的小楼。有一天，我忽然看见微风中飘浮着白色的影子，抬起头，看见一群洁白的鸽子正盘旋在校园的上空，而后，这些鸽子悠然地落在了那家的楼顶。

　　这以后，我开始注意起这群鸽子，当它们悠闲地盘旋在校园的上空时，我禁不住就会投去欣赏的目光。你看，它们飞翔着，像天空中的朵朵白云，显得那样圣洁，鸽哨声划破天空的寂寞。

　　那段日子，我闲下来的目光大都投在飞翔鸽子的天空和落满鸽子的楼顶了。那次下课，我的目光禁不住又向那落着鸽子的楼顶望去，当我倏然回过头来，啊，我的身后竟站满了我教的那个班级的学生，他们都和我一样，目光朝向天空，朝向那群圣灵一般，代表着和平和吉祥的鸽子。

　　这一生，我真的爱上鸽子，也许就是从那一刻开始的，我孤自地认为：只有鸽子，只有这圣洁的鸽子才有这巨大的力量，才能与人的心灵，与孩子们的心灵产生一种诗意的共鸣。就是这一周，我为学生布置的作文就叫《天空的鸽子》。

那是我代课的几个月里，学生们写得最好的一篇作文，他们在笔下倾注了自己的想象和情感，倾注了孩子的多情和纯真。还有几个学生在文中写到我，大胆的着笔和构思显得独特而又成熟。

三个月后，那位老师身体康复，我结束了我的代课生活。我悄悄地告别学生，也再一次向楼顶那群鸽子投去深情的目光。仰望天空，我默默地念叨着：再见了，鸽子；再见了，我相处几个月的学生。

接下来的故事是我不能忘记。

那个星期天的早晨，当我打开屋门，我的面前竟然站着几十名学生。其中那个叫晶晶的女孩儿手托着两只洁白的鸽子站在人群的最前边。晶晶和那群学生慢慢地向我走近，晶晶说：老师，我们知道你特别喜爱鸽子，这是我们从那家弄来的一对，送给你。

看我站着不动，晶晶又向我解释：我们本来是去买这对鸽子的，可是他们得知是送给老师你的，说什么也不要钱。

我郑重地接过那对鸽子。

这时候另一个学生把一幅稚嫩的画展在我的面前，画题款：鸽子图。在这幅画的下边，写着这样的一句话：老师，我们永远都是你天空的鸽子。

我的眼泪再也止不住地落了下来。

多年过去，我至今还珍藏着那幅《鸽子图》。经过那对鸽子的繁衍，我家院里已经飞满了洁白的鸽子，我的耳畔常常响起美妙的鸽哨声。

我常常怀念生命中那段代课的时光。

谁的脚上没有泥

踩进公司大厅，我蓦然感到了自己的懵懂：洁白的墙体，锃亮得没法形容的玻璃，花上的露珠不带星点尘埃，而我脚上的泥，一下子把玻璃一样的地面弄脏了。果然我就被喝住了，我知道我的机会又一次失去了，包括我苦心写好的一份创意。喝住我的是一个女孩，她洁净的眸子里冲出惊讶。她可能是第一次看见我这样沾着两脚泥的应聘者，她喝了一声，声音像受惊的小鸟。我低头看着我的两腿泥，我沮丧地走出公司，我拖着泥脚真的走不动了。我的兜里只剩下十块钱，不知道它能帮我度过几个日子。我就坐在一条河边看着静静的流水，一直想着公司地板上的泥迹。后来我告慰自己，毕竟是为了赶时间弄了两腿泥，但我毕竟在他们要求的最后时间到了，并送去了我的创意。

几年之后我和朋友也有了一家公司，也有了招聘员工的机会。那天上午，我坐在那把招聘员工的椅子上，我几乎有些疲累。这时候一个小伙子风尘仆仆地跑进来，手里托着他的简介和一份公司要求的创意，他的身上落着一层小雨，他的脚上竟然沾满了泥，他把公司的大厅弄上了一片泥水。他在服务人员的喝声中没有退出，他面对着我，面对着几位考官，他说：对不起，我来迟了，对不起，外边下着雨，今天是清明节，我刚才去了我父亲的坟地，然后才匆匆赶来……

小伙子的话提醒了我，使我顿然一阵惭愧，我竟然忘了是清明节。我把公司的事情急急地交代了，匆忙开车去母亲的坟地。在离开公司时，我对主管说，把这个小伙子留下来。

从母亲的坟地出来，我的脚上沾满了泥，好多从地里走出来的脚上都带着泥。我久久地盯着那些带泥的脚，其实，谁没有走过泥泞的路，谁又能完全离开泥土，谁的脚上没有沾过泥啊。

黑 马

那一年秋后犁地，我们借了岳父家的马。套上马，我在前边牵着马的笼头，然而，这匹马很不配合，它好像认生，像是知道犁的不是它家的地，就有些使性。它呼呼地走几步就停下来，头一扬，尾巴一甩，让在后边扶犁的哥哥几次摔倒。后来它又撂蹶子，我新婚的妻子来牵它，它照样不看面子，照样走几步又尾巴一甩停下来，太阳老高了还没犁几垄地。我赌气地把马牵回家，拴在院里的一棵榆树上，我开始教训马，用鞭子抽，满脸汗水地骂着马，我想让马屈服，然后服服帖帖地犁地。可是马恼了，马又拚命地尥起蹄子，发出愤怒的叫声，尾巴翘起老高。我越是整它它越反抗，我恼火地从地上抓起一块砖头，使劲地向马投去。我听见咚的一声，马颤抖了一下，接着它的一条腿颠了起来，马的屁股上浸出一层潮湿。唧唧——马无奈地叫着，我看见了马眼里的哀怨，凭我对动物的接触，我知道那是马最无奈的叫声。马在最痛苦的时候不是嘶鸣。当时我不知道马的那一条腿就这样完了，当我试图看看马的行走时，我失望了，我颤颤地去解开马的缰绳，马在走路时那条被我砸伤的腿稍一沾地就即刻弹起来，那条腿它再也没有放下来，四条腿的马现在要三条腿走路了。我心情沉重地把马再重新拴回。马残了，我不知道该怎样向妻子交待，我知道我是无意的，但我在冲动的霎那害了一匹马。我听见了妻子的哭声，一边哭一边念叨：咋弄啊，好好的一匹马，牵来时好好的，怎么就站不起来了？怎么让我跟娘家交待啊。我忽然害怕起来，对着那匹马流出了眼泪，我想逃跑。我对家里人说，不犁了，我自己把地全剜了。我扛着铁锹在地里呼呼地剜地，有时就独自一个人坐在地头发呆。那匹马后来被一个屠宰场拉走了，在马被拉走时我的心针扎一样地疼，妻子躲在一个角落偷偷地看着马被拉走。一匹马在睁着眼时就被屠夫牵走太伤一匹马的心了，简直是一种残忍。我就这样成了一匹马的杀手。

站在村外的旷野是一个深夜，我忽然看见那匹马向我奔来，马鬃在夜风中抖动，它沉默地站在我的对面，好像是一次邂逅，又好像是一种等待一种示威。我站着，想向马诉说我的忏悔，可是黑马转眼间又消失在无边的旷野，我听见风的涌动。忽然感觉我的愧疚和一匹马的生命相比多么卑微。

我离开了家去一个城市流浪，我的打工生活就这样开始了。我的目标是用一年的工钱买回一匹膘肥体壮的大马，然后和妻子牵着送到岳父家。这也许可以使我的心少一分惭愧。那段时间我一闭上眼，它齐刷的鬃毛、黑色的眼睛就出现在我的面前，让我的惭愧在夜的漆黑里惊醒。我更加拼命地干活，想尽快地还了我的心债。有一次我遇见了一个老乡，他说：你是不是司家小二？我说我是。他说：你们家里人到处找你。我吓了一跳，更加地愧疚，可是，我不想见他们，因为我还没有挣到马钱。我往邮筒里塞了一封报平安的家信，又换了一个工地。

我决定再远走他乡，去遥远的草原，义务地做一个牧人，喂养和放牧草原上的那些马，让我的心在放牧中找到安慰。和包工头结了几个月的工钱，我在一个夜晚扛起了行李。我先走上了回家的路，想看看村外的河和我的叫瓦塘南街的村庄。我站到了沧河桥上，你们想不到我看见了什么，我在沧河桥上看见了一个女人，瘦瘦的的身影很像我的妻子——太动人心魄了，我甚至听见了马的响鼻，就是黑马临走前那一声让我永远记挂的响鼻，在朦胧的夜色里我真的看见了一匹马的夜影……

是我的妻子。而且是岳父家的那匹黑马。

她在那个晚上告诉我，马的命是宝贵的，它不会轻易离去，它在走向屠宰场的路上被一个老兽医救了。妻子说，真的，马真是命大，在被拉走的途中碰到了老兽医，老兽医把马截住了，老兽医说这么好的马它不能死，当时就把它牵走了……

后来每天的傍晚她都牵着马在沧河桥等我，和黑马一起在等我的回来。

可老兽医已经走了。

第二天，我们去了老兽医的坟地。

当我跪下时，我听见扑通一声——马跪下了双腿。

我又听见了马的响鼻。

市长，我去流浪

　　艾米尔市长终于看到了那封信：市长，我去流浪。艾米尔市长匆匆地往下看，写信者叫木马，木马在信中说，这已经是第三次给他写信……第一封信市长批示后转到公司，公司迟迟没有回复，因为他的研究不一定和公司的业务都有联系，他在公司的境遇愈发困难。他又给市长写了第二封信，阐述他正研究的项目，诚恳地希望能给予他帮助，或者受聘到适当的科研机构，他愿意立军令状，如果不出成果，既使将来打工也要偿还自己欠下的投资。第二封信又一次杳无回音，他的处境更加困难。无奈中他决定外出流浪，这是去另一个城市前再一次给市长写信，就是"市长，我去流浪"的这封。

　　还有一个情况是后来知道的：第三封信发出后，木马曾经去过市政府，想见一次市长，那天市长正参加一个活动，被很多人簇拥着，在一个间隙他闯了一次，被保安挡了回来。最终他失望地走在流浪的途中，在离开这个城市前，他又一次回头张望，眼里渐渐地汪上泪水，头发被风吹得凌乱，他在想着要去的方向。市长看完信，问秘书怎么回事，秘书的脸上露出苦笑，甚至摇了摇头，秘书说：市长，由于您的批示模棱两可，这个年轻人的问题一直没有解决，他的科研没有受到重视。他的项目是否属实？市长问。秘书说：或许就是这种疑问害了他。我做了调查，没有含糊，年轻人是大学生，由于来自农村，几年前找工作曾经四处碰壁，最后找到的这家公司薪水很低。几年来他把工资全用在他的研究上，公司不给他房子住，他在城中村租赁一个小房，微薄的收入还要支付房费、电费，重要的是买大量的资料。他把自己的正常生活都忘了，女朋友也因此和他分手，他一直在顶着压力坚持。这是一个有志气的孩子，很多做出成就的人其实都在基层，他们太不容易。

市长听不下去了。你说，他现在去了哪里？市长问。

不知道，市长。

为什么不把他挽留？不让我及时看到这封信？

不对，市长。秘书提着勇气。这封信在您的桌上搁一个月了，我提醒过您，您太忙，没有把信当回事。秘书的话里分明带着一种情绪。市长压制着没有发火，又看了一眼手里的信，指示秘书：马上想法联系，一定联系上，我要见他。

两天后，秘书无奈地告诉市长：没有找到，据说他去了另一个城市，那个城市对他的研究项目非常重视，把他保护起来，给他最好的条件，而且严密封锁他研究的消息。对不起，市长，这个任务我没有完成。

市长陷入沉思。

两年后，艾米尔市长带人参加全省的一个"新科研项目推广"表彰大会。会议间隙，一个戴着大红花，披着绶带的年轻人走到他的面前。艾米尔市长吃惊地站了起来。年轻人说：你是我的父母官，我就是当年给你写信的木马。市长的脸上一阵发热，从衣袋里拿出一封放得很好的信，艾米尔市长很诚恳地说：对不起，我郑重地向你道歉，我一直在找这样的机会，谢谢你今天终于让我解了这个心愿。说着，艾米尔市长真诚地弯下腰，向他鞠了一躬。抬起头，市长说：信，我一直放着，谢谢你对我的警醒。他又指指另一个披着绶带的年轻人，如果没有你的警醒，他也许不会有今天的领奖，不会和你一起站到今天的台上。木马说：之所以我愿意走到你的面前，也是为了这个原因。

赏 花

　　病愈出院后，少年开始在院里侍弄花草。经历了一场大手术，身体己虚弱得不得不倚仗拐杖行动。

　　少年羡慕花草的葳蕤，把对花草的管理当作了生命的一部分——每天拄着拐杖艰难地为花草培土、浇水，空虚的生活因此变得充实，忙碌中那病魔的阴影仿佛也被抛到了九霄云外。终于，花儿开了。春天，小院里开满了迎春、月季……十多种竞开的花儿姹紫嫣红；秋天，小院里又绽开了富贵的海棠、红艳的大理、黄的粉的各色的菊花、一簇簇热烈的一串红……满院生机盎然的花草，让人的心也如这秋天的高空一样豁然开朗，使人感叹这花卉世界的无限生机。

　　秋季的一天，一位穿着淡雅的姑娘走进小院，旁若无人地欣赏着满院的花草，不住地赞叹："多好，多好的花啊！"

　　他站起来，拄着拐杖，向陌生的姑娘微笑着。姑娘问："这花是你种的吧？"

　　他点点头。

　　"多好，多有生命力，这蓬勃的生命就是生活的点缀啊，你看你这小院因了这花多好。"姑娘赞叹着。

　　是啊，花有顽强的生命力，生活需要花草的点缀。听姑娘说这话的时候，他的心顿然开朗起来。

　　姑娘扯过一串一串红，放在秀气的鼻子前闻着，认真地欣赏着花的构型。他解释说："这叫一串红，入秋开放，花期入冬不凋，是花期比较长的花种。"姑娘凝神地听完又禁不住叹道："这平凡的花多么坚韧啊！

　　小伙子听着，脸上逐渐绽出舒心的微笑，再看满院的花草，仿佛经姑娘这么一赞，花儿也顿时更加鲜美。

　　姑娘说："我是过客，看见这满院的花禁不住就过来了，请原谅我的冒昧。"

　　少年说："不妨，不妨，花儿原本就是为欣赏者开的，随便看。"

　　此后的几天里，姑娘几乎每天都过来一次，每次来都这儿闻闻、那儿看看，小伙子看着姑娘对花的贪婪显得非常激动。这天姑娘看完了，仿佛有些遗憾地对小伙说："我要走了。"

　　"要走，去哪儿啊?"

　　姑娘说："我是从师院到你们村学校来实习的，我要回学校去等待分配。"

　　小伙说："你真幸福，真有涵养，我羡慕你。"

　　姑娘说："大千世界，各行各业。你种花养花不是也很神圣吗，那么多的花经你种而生，生而开，开而艳，多好啊。"

　　"谢谢你。"小伙说。

　　"我走了，再见。"姑娘把手伸过来。

　　"还来吗?"小伙几乎带着乞求地问。

　　姑娘说："明年秋天，我再过来看你种的花儿。"

　　"一定吗?"

　　"一定!"

　　第二年的秋天来了。

　　院里的花色增加了十几个品种，那一串红开得愈发繁茂。他每天有规律地为花草培土、浇水，把满院的花布局得合理科学，各种花色调配得赏心悦目。姑娘却一直没来。

　　终于，他收到一个包裹。

　　打开包裹，是几包花籽、一封短信，是姑娘寄来的。信上说："毕业分配我主动要求到一个山区小学教书，今年秋天可能不能来看你种的花了，但我一闭眼就能想象你小院里开满了各种色彩的花儿。你一定会把小院装扮得更美，那是一个多么富有诗意的世界啊，我一定还会过来看你种的花儿的。同时我为你寄来一些花籽，这是在那些纯朴的山民家找的。这些花儿看起来可能很纯朴，但同样也代表一种精神，一种顽强的生命，我希望它们能在你的花园里落户开放，我会再来看这些花的，再会。"

少年手捧花籽，眼里噙满了热泪。

院里的花一年比一年开得鲜艳，少年在期盼中丢掉了拐杖，战胜了疾病，据说创造了一种奇迹。他后来成为当地的一个花王，成为一个以养花致富的典型，养花已成为他生命中一种神圣的寄托。

有人说姑娘在一个秋天真的又来看过一次花，她寄来的花种在小院里开得格外灿烂；也有人说姑娘至今没有再来过，那姑娘当年到小院里赏花，其实是他当年的那位主治医生着意安排的……

喊

晓林常想起小时侯的喊。

"晓林，晓林，晓林……"孩童时的喊声多么亲热啊，稚嫩的喊声透着圆润透着清纯。

喊声烙在记忆里，有时候想起来就想流泪。

晓林有一个朋友叫夏雨，小时候夏雨常背着书包站在他家的门口叫："晓林，走不走啊？"

晓林一边吃饭一边应："走啊。"他三口两口吃完碗底的饭，抓起书包疯也似的出了门。

下学了，他们都不往家走，与一群小伙伴疯跑到野外，采蘑菇、折柳条、去河边看鱼、到水中摸虾，常常弄得一身水一身泥的，玩起来就忘记了回家。慢慢地长大了，上了初中、高中，他们都还是同学，晓林喊夏雨，夏雨喊晓林。放暑假了，两人喊来喊去，你到我家坐坐，我到你家串串，有时去村西沧河边疯喊几声，有时去河边的小树林里看鸟，和小鸟赛着叫。

两人上高中是在城里的一所重点中学，这一去两人踏上了离开乡村老家的路。后来两人都考上了大学，一个在河南的开封，一个在湖北的武汉。两人再喊是在电话里，晓林喊夏雨："夏雨，武汉好不好呀？"夏雨喊："晓林，开封棒不棒呀？"两人在假期里开始了你来我往的走访。夏雨没去过开封，就去开封找晓林，看了铁塔、包公祠、清明上河园等。晓林翌年去了武汉，到武汉就去看江，两人放肆地在江边喊："我们热爱长江……"

也许是真有缘分，两人毕业后又分在了一个城市，一个在 A 局，一个在 B 局，相隔不远，还常常见面。下了班两人或在 A 局，或在 B 局对弈，为争一步棋喊来喊去的，挺热闹。

两人的工作都出色，但进步的程度不一样：那年晓林被任命为科长时夏雨还是个科员。晓林在科长位置上干了三年，班子调整时被任命为副局长，这时候夏雨也因工作出色被提拔为办公室的副主任，但还是和晓林差了一大截。这时候两人还常常见面，还趁空杀两盘，但大都是晓林好不容易腾出空闲时喊夏雨："夏雨，过来杀两盘。"

夏雨说："你都当副局长了，还杀啥呀。"

晓林说："过来吧，我想你，静下来的时候就想你。"

两人就又在一起杀，谁也不让谁，为一步两步棋扯着嗓子喊，像吵架似的。

那一年晓林又提升了一步，成为局长，这一来晓林真的忙了，和夏雨在一起拼拼杀杀的机会越来越少。静下来，真正静下来，晓林就会怀念和夏雨在一起的日子，拿起电话，想起一天的疲惫又把电话挂了。夏雨这时候也才是个去掉了副字的办公室主任。

两人接触的机会越来越少了，电话也难得通一次。

有一次午后，晓林刚从酒店回到局里，忽然听见有人喊他的名字。晓林打开窗户，看见夏雨醉醺醺地站在楼下扯着嗓子喊，一副不修边幅的样子。晓林没下楼，局里的几个人把夏雨架走了。

转眼几年过去了。这一年春季，老家因为举办一次什么活动把他们请了回去。好长时候没回家乡了，面对家乡他们都有一种久违的亲切感。傍晚晓林和夏雨从热闹的场面中挣脱出来，相偕来到村西沧河边，河水潺潺地流着，河边的槐花白花花地开着，鸟儿在河的上空盘旋。少年的记忆复活了，晓林忽然有了想喊的冲动，就问夏雨："我们喊吧？"

夏雨点点头。

晓林数："一、二、三。"却都没有喊出来。

过了一会儿，晓林问："夏雨，你为什么不去喊我了？"晓林的目光显得很诚恳。夏雨望着天边说："你现在是什么，堂堂的局长啊，我还敢随便喊你？"

晓林忽然感到很孤独，想说什么，欲言又止了。

可是夏雨还没有说完，夏雨说："那次我故意喝了酒到局里喊你，你局里的人却把我架走了……"

老　夏

　　老夏下岗是在那年的夏天。老夏其实不老，将近不惑之年，黧黑的脸膛，说话声音浑浑厚厚的，给人一种憨诚与亲切的感觉。老夏因为写作被招进乡政府，在办公室已经工作了整整十个年头，每年不知要熬多少个通宵，过度的劳累使老夏染上了胃病，额前的头发越来越稀疏了。每次在家洗头，看着漂满脸盆的头发，妻不止一次心疼地说："夏，我们回家种田算了，我们不熬这黄昏，不掉这头发了。"妻子说着还眼含热泪捋起他额前的头发。老夏算过一笔账，他每年为乡里要写五十多万字的材料，十年间为书记、乡长写了四十多次报告，为乡政府整理拟订了十几项经济发展规划，因为越级上访案件替领导写过五次检查……可诚实的老夏就是没有把自己规划进去，机关编制的名单上没有老夏的名字，这次机关减编老夏被写进下岗的名单。

　　其实老夏如果留下大家都是同情的。

　　可是老夏还是走了，领导本来想留下老夏，又怕同样条件的人提意见。名单宣布后的那个上午，老夏默默地绑了被褥，平日参考的书籍装了满满的一个袋子，没有了保存价值的公文参考书在垃圾池内被他一把火焚烧。我们办公室里的几位同事默默地看着老夏不知道应该说些什么。

　　"老夏，中午我们为你饯行，再一起聚聚吧。"办公室主任老冬真诚地挽留老夏。"聚聚吧，老夏。"我们也都这样挽留。

　　老夏笑笑，但回答我们的却是摇头。我们都知道老夏的脾气，老夏不能喝酒，平时就不喜欢热闹的场合，老夏性情淡泊，喜欢静。

那个上午，我们办公室的全体同事把老夏送出大院，又送到乡政府所在的临河村外。在村外我们看到了已经发黄的麦浪，听见了布谷鸟的叫声。麦子就要熟了，这个夏天老夏可以好好地陪老婆收麦种秋了。

老夏一走一直没有回来过。

老夏就是这样一个人，他默默地、毫无怨言地走了，自始至终我们没有听他发过一句牢骚。就是这样一个把什么都看得很淡的人，却常引起我们对他的思念。他在时上级要的材料、乡里拟订文件什么的，几乎都由他代劳了，可他走了，每当忙乎起来，我们才真正体味到老夏在乡里时为我们分担了多少劳务。我们常常为老夏的下岗耿耿于怀，主任老冬不止一次地自责："怨我，怨我，我怎么没有把老夏想法儿留下来呢？""其实我们应该去看看老夏。"老冬感慨。可是我们没去，我们知道老夏的淡泊，不情愿去打扰他，再说机关下岗走了几十个人，一下子真有点应接不暇。

我们不断听到老夏的消息，说老夏回家后又捡起了过去因公文忙碌而丢下的文学，已经写出几个短篇两个中篇了。我们庆幸老夏说不定会因祸得福，也能写出一篇《塔铺》、一部《篱笆·女人和狗》，有一天，可能还会被市文联破格聘用。我们常常翻看报纸的副刊，希望某篇小说或散文的题目下写着老夏的名字。不久果然在省报文学副刊上看到了一篇署名老夏的小说，那篇小说我们每个人都看了几遍，我们默默地为老夏祝贺。这之后不久，老夏又让人为我们捎过来一本文学杂志，杂志上登了老夏的一个中篇。我们就叹息，如果不是这几年公文上的忙碌，老夏也许早就是鼎鼎有名的作家了。

后来又有人说老夏在白天和妻子干农活，晚上看书写作之余也常在街头与人对弈，棋艺一天比一天高，再练两年恐怕就会成为村里的棋王了。还说老夏自愿在街头办起了黑板报，每周一期，图文并茂，很受村民欢迎。老夏的生活看起来过得忙碌而又充实。

终于找了一个机会，我们去看了一次老夏。那是初冬的一个上午，我们走进老夏家，激动地喊着老夏的名字，喊着夏老师，夏老师……从屋内出来的是老夏的爱人，老夏的爱人说："村里小学一个语文老师生病住院，老夏去代课了。"

我们没有让嫂子去喊老夏，我们一起走进了村东头的小学。老夏正在上课，我们悄悄地站在老夏上课的教室外，看见老夏穿戴整齐地站在讲台上，正用他那亲切又浑厚的嗓音给学生讲课，黑板上写着他那一手流利的楷书，他讲得那样投入、那样专注。我们没有打扰他，我们像那些小学生一样恭恭敬敬地听完了老夏的这一堂课……

其实，老夏，老夏这样的人就是我们的老师啊！

纸蛋儿

老梁和小莫都是临河乡政府的笔杆子。老梁原来是个农民，因爱好写作被招到乡政府。小莫是那年乡里成立社教宣传队从一个小学借过来的，后来宣传队撤消，小莫不愿再回学校，和老梁留在了一个办公室。有了小莫当助手，老梁觉得轻松多了。乡里有大材料，老梁主动写，小材料就留给了小莫；乡里开表彰会、动员会，写会标的活儿小莫主动挑起来。几年来，两人配合默契，除了为作品中的人物发生过争执，工作和生活中没有出现过任何裂缝。

可是，现在两人却遇到同一命运的挑战——乡镇实行机构改革，五分之一的人员可能被精减。办公室主任给老梁和小莫透了信，因为两人都属于乡财政开支，按规定都在精减的行列，但乡里不能没一个写手，经过研究，决定在两人中取舍一个。乡里对谁都疼爱，如果两个人能有一个发扬风格，乡领导就不用为他们谁去谁留的问题头疼了。

主任说完，屋里静下来。老梁左手摆捏着右手，小莫两眼骨碌碌地看着房顶。

两天后的一个中午，老梁和小莫聚在乡政府外边的一个地下餐厅里，点了几个菜要了一瓶当地产的梅园春酒。小莫看见老梁脸上的沧桑越发明显，老梁发现小莫已不是小莫了，胡茬又硬又青，鬓角的皱纹使劲地扯着两个眼角。

两个人先是喝闷酒，等脸上都有了红润，老梁对小莫说：小莫，那件事咱俩谁也回避不了，今天咱俩比酒喝，谁能一直坐着不动，不上厕所不往下瘫，谁滚出乡政府。老梁说完仰头对着楼上喊：拿酒来！小莫一举手挡住了，眼红红地对老梁说：不行，梁老师你那法儿咱不用，绝对不能用，今天，你得发扬民主，让我说了算。小莫听老梁说完就知道他的意思了：老梁的酒量大，小莫的毛病是一喝酒就往板凳下溜。小莫说：梁老师，咱扳手腕，谁的劲大谁滚蛋。说完就把一个大巴掌举到桌子上。

老梁不知道这小子会来这一手，啪地一拍桌子蹦起来，唾沫星子飞到小莫的白脸上。你尊我是老师就该由我说了算，你他妈再搅泥我揍你。小莫也一气站起来：我啥事都尊重你，今天就不能依我一回？老梁说：甭说了，比酒！小莫说：扳手腕！比酒！扳手腕！两人争得面红耳赤，竟有泪从眼里往外溢。老梁说：小莫呀，尊我一回好不好！我年纪大了，没多大混头了，就让我滚蛋吧。你年纪轻轻，好好地再干他十年二十年。小莫说：梁老师，你四十多岁的人了，你回去还能干啥呀？你以前在家磨豆腐，靠坚持写作进了乡政府，不容易呀，我咋忍心叫你走啊。老梁说：小莫，我回去还能磨豆腐，你回去有啥本事呀？小莫说：不，梁老师，我年轻，四海都是我的家。老梁吱溜一声又喝了一杯酒，呼地一声站起来，一把封住了小莫的领子：你再吵，我揍你。小莫说：你揍我，我也不让，我明天就他妈的往海南走。梁老师，梁老师，你咋恁好心呀？小莫说着呜呜地哭起来。老梁也泪水哗哗的，一把将小莫揽在怀里，两个人紧紧地搂在一起。好久，好久，老梁说：我们不争了，我们抓纸蛋儿。说着，便写了两个字条，团了团，捂在手里使劲地晃，晃过了，把手伸到桌面上。老梁说：你先抓。小莫说：梁老师先抓吧。老梁吐出一口气：好吧，我们不争了，我先抓，但是你先看，这样咱俩算扯平了。老梁抓过一个纸蛋儿在手里，让小莫展开另一个纸蛋儿。小莫展开，纸蛋儿上是老梁潇洒写下的那个"留"字。

离机关真正精减还有一段日子，老梁第二天就卷铺盖走了。

老梁走后，小莫隔一段去枣林村见他一次，遇到大材料不好驾驭，深更半夜的去找老梁帮忙。老梁没有磨豆腐，那个磨豆腐的石磨孤寂地搁在一个角落里。老梁的床头放了好多书，案头时常铺着一叠稿纸。放下公文的老梁又拾起了丢下多年的文学。

半年后，老梁有了一个新差事。

苍峪山深处的林泉寺被县里列为旅游开发的重点，前期修缮需要一个善碑文、懂历史的人。林泉寺在临河乡境内，乡里想到了老梁。敬业的老梁昼夜住在山上干得津津有味，很多碑文被他补救起来，还有创意地增设了几个景点。林泉寺没有讲解员，市里、县里的领导来寺里考察，老梁讲得头头是道。忙里偷闲，老梁开始整理有关林泉寺的传说，被整理的故事在县报和市报副刊发表后反应不错，也为开发中的林泉寺招徕了游客，后来老梁又把这些故事编成了一本书由省古籍出版社出版。老梁陆续在报上发表那些故事时，县里一位主抓旅游开发的领导对他已经注意，接到老梁托乡长送过来的书时对他更是刮目相看。当他得知老梁已经下岗，叹息一声：这么优秀的人怎么能下岗呢？这样吧，县里决定给寺里几个编制，老梁算其中一个。

消息是小莫送给老梁的。在老梁来林泉寺后，小莫已几次来寺里看他。给老梁送消息时小莫又住在了林泉寺。老梁把那本书题上字，郑重地递给小莫，还告诉小莫：他以古代传说写成的一个中篇也快发表了。

小莫和老梁就着两个青菜喝酒。小莫说：你这块金子在林泉寺又闪光了。梁老师，我服你，做人做学问都服你，我会像你这样踏踏实实地干事，乡里的好多题材都能写，我也要当作家发作品。

老梁说：行，小莫。

小莫从兜里摸出一个小盒子，盒子打开，展在老梁眼前的是两个纸蛋儿。小莫盯着老梁：两个纸蛋儿我一直保留着，那天我在桌下捡起了你丢下的那个，从那天起，我真正懂得了究竟该怎样做人……

老人·鸽子

　　每天清晨，人们总看见那群鸽子，上百只，很有规律地盘旋在小城广场的上空，洁白的羽毛，仿佛天空中飘游的朵朵白云。

　　听鸽哨声，欣赏鸽群盘旋的姿态，已经成为小城人生活中不可缺少的内容。人们谈起广场，总会谈起广场上空的这群鸽子，尤其是那位常在孙女陪伴下到广场散步的老人。

　　养鸽者是个年逾六旬的老人，上过大学，教过书，因身体原因提前退休后，便修身养性，养了这群鸽子。养鸽子也是要付出代价的，他每月领来的工资除去为鸽子买回饲料外所剩无几。

　　有人说养鸽子的人很孤独，不知什么原因他与妻子有些不大和睦。一双儿女忙于自己挣钱，妻子与他们一起操持着一家叫做"飞翔饭馆"的生意。老人孤独地守着一个小院，他的忠实伴侣就是这群鸽子。

　　传说养鸽人曾远离市声带着他的鸽子到乡下一片傍水的森林生活了一段时间。他在森林里找到了两间小屋，原本打算把那片森林作为他与鸽子最终的落脚地，死后葬身树林，鸽子就以树林为活动场所。但他的鸽子在森林里不断失踪和遭到杀戮。爱鸽如命的老人，每伤一只鸽子心就被揪疼一次。终于，当女儿租一辆奥迪来看他时，他便唤鸽子一齐回到了小城。

　　与鸽子久违了一段时间的小城人又看见了鸽子，人们谈论着，一起抬头欣赏着鸽子的回归，鸽哨声在广场上空响了好久好久。

　　老人很少出门，每天照看好鸽子后，最大的嗜好就是看书。老人在与鸽子厮守的日子里写了一本叫做《人与鸽子》的书，老人尝试着把书稿寄给一位做编辑的同窗，但同窗的回函令他失望，出书要自付一定的费用，凭老人拮据的生活，此事只有作罢。

看过《人与鸽子》书稿的人说，那的确是一本好书，把人与鸟相通的情感写得鞭辟入里，使人掩卷沉思，心头颤动。有人提议老人的儿子："为你父亲的书出一点钱吧！"儿子说："出书，还要赔钱，那有什么意思？"

老人曾几次看着飞出的鸽子，淌下浑浊的泪水。过段日子，老人把那本倾注他大量心血的书一页页燃成了灰烬。

这是一个星期天，在广场边的一排石椅上，那个梳着一双辫子的小姑娘愣愣地看着天空。看啊，看啊，忽然对坐在她身边的老人说："爷爷，你看鸽子，怎么排得不那么整齐呀，鸽子的翅膀好像也没什么精神啊，飞得也没那么高了啊……"

老人仰起布满沧桑的脸，好像也看出了什么异样。

又是一个星期天。

老人和孙女又坐在广场边一排石椅上，孙女仰头看着天空，失望地对爷爷说："爷爷，怎么还不见鸽子在天上飞啊，爷爷……"

老人想起应该去看看鸽子的主人了，同时一种不祥的预感蒙上他的心头。老人和孙女匆匆坐上一辆三轮车，拐过一道街又一道街，走进一条胡同又一条胡同。当他们站在一扇旧式的木制街门前时，门上张贴的白纸验证了他的预想：鸽子的主人去了，永远地去了。

老人在门前久久地站着。

对面的门慢慢地打开，一位中年男人走过来："老人家，进去看看吧，他们家人托我拿着小院的钥匙。"

老人走进小院，看见院子里栽着几丛花草，放着一排鸽子饮水的器具。中年人又打开了养鸽人曾经住过的北屋，鸽子主人的牌位放在北屋的中央。这时候老人看见了一个奇迹，一群鸽子死在老人的牌位前，仿佛铺了一层白色的花。

中年人向他们描绘了那天的奇观。

"在老人死后的第七天，这群鸽子呆呆地站在老人牌位前，发出哭泣一般的叫声，然后有组织有顺序地一起撞死在老人的牌位前……"

"鸟通人性啊！"老人和孙女在鸽子主人的牌位前深深地弯下了腰。少女跪了下去，手捧着一只鸽子偎在自己的脸颊上。

一扇窗口

窗口是被着意装饰过的。天空一般湛蓝的窗帘，窗帘上是一双展翅欲飞的白鸽，窗台的一侧放着一盆文竹，一盆米兰。

乔是这一带的投递员。乔知道这是一个女人的窗口，窗口折射的是一个女人的追求。

女人的名字叫米莉。

乔每天把米莉的报纸和杂志轻轻地投进窗口，带来的微笑使窗帘如被风吹皱的池水荡着涟漪。米莉的信件很多，从米莉的信件中乔知道她可能是一位作家，至少应该说是一个比较成功的自由撰稿人。

乔也是位文学爱好者，一直想见米莉一面，可是为米莉送了将近一年的报纸却一直未见米莉的身影。

他想见米莉的念头日益强烈。

终于，他把一封自己求见米莉的信投进窗口，他在信中说："我就要到另一条投递线了，在即将离别这扇窗口前我最大的愿望是见米莉姐姐一面。"

有一天，在他走近窗口时，窗口边一个站着的男人唤住了他。

"你是?"

"我就是这窗口的主人。"

他看着他，"米莉呢? 我想见一见米莉。"

男人说："我，我就是米莉……"

"什么，你就是米莉?"

他说："哦，不，米莉是我的笔名。"

"为什么呢？难道……"他大睁着一双探询的眼睛。

"不，你不要乱猜。"他神情庄重。他说："这里面有一个故事。米莉是我爱人的名字，我们因共同的爱好走在一起。她酷爱文学，爱了那么多年，可一直没能发表作品。几年前她患绝症离开了人世，遗憾的是临死前也没有看到自己变成铅字的作品。她走后我就用她的名字作了笔名，每当在一篇作品的末尾署上米莉的名字，我就仿佛感到她还在我的身边。包括这窗帘，窗台上的花都还是她当年放上的……"男人的眼角湿了。

乔理解了，握住了男人的手。

"你现在不是已经发表了吗？"

"不，是米莉。"他说，"每篇稿子我都放在她的遗像前。"

乔随他走进屋，他床头的桌子上放着一个墨色的镜框，镜框里是一个端庄的女人，女人的遗像前整齐地摆着一摞报纸和杂志。

他们屏息站在桌前，凝望着那个叫米莉的女人。

小峪口

逃进小峪口时爷爷迷失了方向，浓重的夜色把他弄懵了。逃在路上几天的爷爷疲惫得已经没有了方向感，况且七扭八拐的大山本来就没有明显的指向。当第二天他从草稞里拱出时，他才从那个女人的嘴里知道了村庄叫小峪口。爷爷知道天明使他在睁开眼睛时看见了青色的草梗，还有挂在草梗上的叶子。他闻见一种干草的馨香，可是他不想睁开眼，他疲惫地又把眼眯上了。阳光的细箭像鸟的细毛扎着他的脸，似要再往他粗硬的脸皮上再贴上一层胡茬儿。爷爷就这样在草垛里拱着，他不想睁开眼，想蜷在草窝里再围上一会儿。草垛围住一棵椿树，爷爷把身子倚在树身上，走了几天几夜的山路，腿简直被撕断了几条筋，手心和指缝扎满了尖利的山草。

爷爷拱出草窝时已经是又一个黄昏。

如果不是闹腾的肚子他还会赖在草窝里。

浊黄的油灯前他看到了一个俊俏的女人。他的身影晃动了灯焰儿，在灯焰的微光里他瞅见那是一个和自己女人年龄相仿的女人，后脑上戴着一个发髻，脸上却显得很干净，手搭在椅手上似乎慵懒得要睡着了。他的脚步把灯芯踩大了，屋子里咣一下亮堂起来。

爷爷在门口唤着：嫂子，能借口饭吗？爷爷感觉他的前后背已经贴成一块皮了。

女人不说话，女人把两个饼子，半锅热腾腾的面条放在眼前的圆桌上，仿佛早就为他备好了，就等着他吃。

爷爷吃得狼吞虎咽。

打完了饱嗝，爷爷把腰直起来了，然后他的背就把一烛光亮遮住了。嫂子，感谢了，我走了！

不行！

不行？

不行！

我？

你等着兄弟，你听我说。女人挡在了他的面前，女人的脸火辣辣的，在微黄的灯影里颊上严了红晕。你不能急走，你不能，兄弟……女人说话有些吞吐。

爷爷说：嫂子，你让我走吧，我得走啊，嫂子。嫂子，我是从那个部队逃出来的。爷爷的眼望着山下的一个方向。我是两年多前抓壮丁进了那个部队，我给家里换了两石粮食，我想家了，想我的两个孩子，我不想那样和自己人打了，我已经逃出了三天三夜，我迷了，我真的得快点往家去。嫂子你得快让我走……

女人沉默了。

女人却又跪下了。女人说，大哥，昨晚你钻进草垛时我就知道了。大哥，我不会栓住你的，我们只是求你帮个忙，帮个忙吧，帮过忙了就放你走……

爷爷模糊中看见院子外晃动着一个身影。

奶奶找到小峪口是在几年后。

其实奶奶已经在路上走了一年多了，她的头发上都结着日子的伤口。奶奶的手里握着一张画像，是爷爷留下的唯一一张画像，画像上的爷爷还很年轻。奶奶在遥远的瓦塘一直等爷爷，全国解放了爷爷还没有回家，奶奶的心咯咯噔噔地发凉。当年爷爷被充军的时候对奶奶发誓说，他一定要逃回瓦塘，奶奶一直在等爷爷。姐姐是从另一个村庄的老乡那儿知道爷爷几年前就已经逃走的。奶奶握着画像，带着包裹上了路。奶奶对两个已经长成的儿子说：我去找恁爹了，你们好好地在家等我，恁爹变成骨渣我也要把他扛回来！

奶奶找到了小峪口。

奶奶见到那个女人时心口咔嗒疼一声。

女人让奶奶看到的是一个墓，并排的两个墓。女人说：我的男人是个石匠，那一年他出去做石头断了后。大哥那年逃这儿我把他留下了，本来我已经要放他走的，可是那一天，他进山又撞见了他逃出的那个兵营。他……我的男人也是第二年被从山上摔下的。

　　跪在坟前的两个女人呜呜哇哇地哭。奶奶在坟前诉告：他爹啊，找了几年我终于找到了你啊，你跟着我回瓦塘回咱家吧！奶奶疯狂地抓着墓，女人搂着奶奶，哭着求奶奶：嫂子啊，妹子求你一件事，你把照片给妹妹留下吧，我得让孩子知道他爹是谁啊！

珍藏的声音

他听出来了,又是那个声音。

喂,麦大夫!

麦大夫稍一犹豫,马上接上了对方,然后很专业地问:喂,你好,有什么要咨询么?对方也在稍加犹豫后和话筒接上了,声音又从身边的收音机里拐回耳鼓。麦大夫,冬天了,我想听你讲讲对胃病的预防。

麦大夫说:好,你问的这个话题很好。冬天是胃病的多发期,冬天里有一部分人容易睡懒觉,早餐一般就拖了过去,而在夜里又常常有人喜欢吃夜宵……所以预防胃病首先应该从饮食上注意……

对方说了声"谢谢",又好像意犹未尽,不愿意轻易地放下话筒。正好这期节目结束了,麦大夫长长地吐出一口气。他放下耳机,放下眼前的对讲设备,揉揉眼走出导播室,冬日的阳光哗啦在他的眼前铺展开了。

走在阳台上,他还是又想起那个声音。

麦大夫自从在电台主持这个疾病预防话题已经是几次听见这个声音了。第一次是几个月前,那是秋季的刚刚开始,主持的话题是秋季预防流感,预防肠道疾病。在半个小时的节目里,那个电话终于冲了过来,电话接通时对方的声音似乎有些哽咽,透着一种怯,是一种来自乡间的口音。他说:麦大夫,你是麦大夫吗?是麦苗青医生吗?麦大夫的心里倏然一个咯噔,他一直在回忆这个声音,这个声音似乎藏在什么地方,又几次从记忆里往外拱,但他在固执的回忆中也没有理出头绪,在听懂意思后他很职业地回答了对方。他记住了那个电话,但打过去时电话一直占线，后来终于打通时对方说：是一个公用电话。

那个声音又出现过几次，声音好像有些变化，对方像在故意地变幻着嗓音，像要掩藏一种真音。但麦大夫还是隐隐地听出来了，像手按在对方的胳膊上，捏住了一个人的脉相。

有时候他不可遏制地去回忆那个声音，甚至渴望那个声音，这样的听众在有时候避免了他的一种尴尬，弥补了他独自的讲述。在做这档节目前，电台曾经很慎重地在几家医院选择谁来担当节目的主持，挑选中胜出是因为他的医术，也是因为他的口才，他在某些方面的优势。但他需要忠实的听众，对这样的听众他甚至应该抱有一种感激。

那个声音响过来几次了，五次，抑或六次……几乎每隔几天，他的听众里都会蹦出这个声音，尽管对方有时候在故意变换，但底音还是听得出来的。那次在节目的中间，导播说：麦大夫，又是那个声音！他没有犹豫，很爽快地说：接过来！

又一次走向电台时他在想那个声音，已经有一段了，对那个声音的等待使他在做节目时有了几分惶惑。节目的中间响起一个年轻的声音，说着不算流利的普通话，普通话里藏着一缕乡音，说：已经是春天了，我想听听麦大夫讲讲在校学生对春季疾病的预防……他回答了。走出导播室时他有些怅然。

终于又听见了那个声音，麦大夫在接这个电话时声音激动得有些打颤。这档节目马上就要结束了，他以为再也听不到这个声音了。对方问的竟然也是节目的话题：麦大夫，节目会不会再办下去？我们是在市里打工的民工，看不了电视，出门在外，喜欢听你的这个节目……

麦大夫丢下话筒，奔下电台大楼，还是那个电话，他已经知道了电话的方位。夜色笼罩着这座城市，城市在霓虹中泼洒着它的魅力。他找到那个电话亭时，电话前守着一个困倦的女人。他说：我找刚才那个打电话的人，给电台打电话的人。女人说：是不是打着电话手里还夹着收音机的那个人？

在几百米之外他找到了那个工棚，不远处有一座正盖着的大楼。心嗵嗵跳着拉开工棚的门帘时，他看见一个中年人正托着一台小收音机，倚在棚柱上。他走过去，说，我，我就是麦大夫……

那人站起来，身上的灰茄克落在了铺上，话一出口，麦大夫听出了就是那个声音。他说：麦大夫，多少年了，感谢这个收音机又让我听见了你的声音，我在心里一直记着的就是你的声音！记得十年前吗？我带儿子来这个城市急诊，当时从县里转来时我们的钱花光了，医院讨论是不是马上接收我们的孩子，是不是让马上住院，就是这时候我听见一个声音，那个声音说：住，有什么遗留问题我来承担，可以从我的工资里扣……他说不下去了，开始哽咽，他放下收音机，抓住麦大夫的手，然后又抓起比两个烟盒大点的收音机。他汪着泪，真的感谢这个收音机，让我……麦大夫，我告诉你，我的孩子已经上大学了，在另一个城市，他也曾经给你打过一个电话。我来这里打工，就是为了孩子上学……

麦大夫转过身，噙着泪，够了！够了！这档节目，让一个人找到了一个声音，一个人记住了一个声音！

野菊花

办完丧事的第三天，牛回来了。

牛是几天前被牵到表哥家的。给老人办丧事，家里的地方就显得窄狭了，连牛屋也要用来做库房了；扩音器、录音机之类的东西也要往牛屋放，哀乐要从牛屋一遍一遍地放出去，丧事是要浓稠的哀乐缭绕的。大水记得牛走那天不情愿的样子，踅踅的，回头剜一眼牛屋，"哞"地叫了一声，牛的叫声里似乎包含了一种幽怨一种委屈，甚至一种抵触。牛到底是牛，可能没有意识到家里已经出事了，不知道相依为命的老人一直往西走了。老人走得急，送到医院时几乎就不行了。牛离家的脚步有些犹豫，它串过亲戚，每年都要出村给亲戚家犁地耙地，可这一次是有些异样的。而且这时候的地差不多都已种了进去，牛离家的脚步迈得就有些迟疑。

牛径直地进了牛屋，最后的两步是跑进去的。屁股还在外头，那一声"哞"就冲出来了，扫视牛屋的眼针一样的锋利。牛屋已经恢复原来的样子，连老人的床铺也还是照原样铺的。

牛一夜都不安生，一夜都扬着头瞅着门的方向。老人的儿子大水一直陪着牛，给牛添草时特意地加了几把细料，最后又在草上蒙了一层。可牛呕着气，不下嘴，快天明了还没有吃草。大水掂过来槽前的半桶水，拽住牛笼头往桶里凑，牛可能是渴了，那么就让牛喝水吧！可牛好像犟上了，固执任性地梗着头。大水又抓了一把麸子洒到水桶里，他劝着牛，其实一晚上这样的话已经说了好几回了：喝吧，伙计，喝了水再吃草就顺畅了。爹去串亲戚了，去了大草原，去了天堂，去了牛的故乡，牛多的地方。他可能会再赶一头小牛来，这样你就有伴儿了。牛好像要消解心中的委屈，终于粗哑地"哞"出一声，嘴里的哈气射向头顶，屋里的灯泡晃荡着。大水一家人都出来了，他们从来没听牛这样地嚎过，那牛不是在叫，简直就是哭了，声音高高低低的像个孩子。

后来牛在挣缰绳，挣纵横几道缠在头上的笼头，黎明的时候牛终于把缰绳挣断了。牛把放在槽头的水桶拱翻了，水渗出门缝，蚯蚓一样弯弯绕绕地往外溢。牛又在嗵嗵地抵牛屋的门，犄角快把门撞破了，牛"哞"的叫声最后把门都喷出了一口窟窿。外边的风起来了，挂着唿哨，合着牛的吼声。他们再也不忍地打开了屋门，牛眼泪汪汪地瞅着大水，奔到屋外把一垛草拱翻了。它眼泪汪汪地看着大水，看着一家人，好像说你们带我去找老伙计吧。那样子真是让人可怜，叫人心疼。

牛去了村头的老井边。在它还小的时候，一次啃着井边的草时掉进去了，老人竟然在春天的寒气里跳下去，他在井下摸着小牛，摸着牛的腿，摸着小牛的耳朵，摸着小牛刚透出头顶的犄角。摸完了他对小牛说：伙计，你的腿还好啊，我真怕你的腿废了，那样你就不能享受野地的小草了，那么好那么肥的草你就没有福气了。老人小心翼翼地抱住牛，托着牛的屁股，让大水在上边拽。拽上来又烘火给小牛烤，烤完了又牵着牛遛跶，牛一身的水终于抖光了，牛一身毛又顺溜又泛着金光了。最后老人又领牛去了村西的河洼地，牛悠闲地开始吃草，才知道没有吓跑小牛的魂，老人才松了一口气。

牛是管不住了。

全村的人都听见了牛的嚎叫。牛不正常了，牛在村里村外狂奔，正跑着又忽然停下来。牛的神经错乱了，每一条道路上都贴满了它的蹄印子，那些蹄印子是没有规则了。牛后来终于找到了坟，牛凭着它的灵性到底找到了老人的坟——看见一片墓地的旁边新添了一座坟。牛曾跟老人来过墓地的，老人每次来都独独地守着坟。牛已经知道结果了，牛的泪水决口了，牛的叫声已经不是"哞"了，成了呜呜的浊音，老人就这样撂下它不管了。牛在坟前默默地站着，泪珠子哗哗地淌下来，牛的脸上划成河了。后来牛往回退，退几步头慢慢地往下拱，一次又一次地往下磕，腿一弯又跪下了，它的前腿弓着，蜷到胸部下，后腿在草地间支撑着。这样跪下去的时候它又"哞哞"地叫起来，它就这样跪着，"哞哞"地叫着。跪过了，它曲起身，低着头，绕着坟墓转圈儿，转了圈又蜷着腿跪下去。

　　太阳快要落山了，天上的云彩开始染成墨一样的颜色。牛站起来，趁着天色往墓地的远处瞅，这一瞅它的目光放远了。然后它"得得"地上了河滩，耳朵尖使劲地朝前忽闪着，牛在河湾里找到了一片小树林，树林里爬满了蓬乱的草，草缝里串出一蓬蓬的野菊花。灿灿的花蓬儿像长不大的向日葵。老人曾经把花挽成帽儿戴在头上的，曾经把野菊编成花环放在墓地上，把花儿编成串套在它的脖子里。牛头一弯，叼了满满一嘴的花，然后"得得"地往墓地回，再回过去又叼了满嘴的野菊花，放下花又扭头跑向小树林，一嘴嘴地叼着野菊花。牛就这样一直"得得"地跑着，日头缩成一个蛋黄时，墓地上的野菊花开满了……那一夜牛是一直守在墓地的。

　　整个秋天，墓地上的菊花一直开得很灿烂。

走过乡间

爷 们

三秋心里一直都不是个味儿。

三秋咋拧都拧不过劲儿，越拧心里越磕磕拌拌的，咋扭都觉得心眼里有一截麻绳在里头搅。三秋就坐在院子里攥一根柳棍夯一个萝卜，最后把萝卜夯了个稀巴烂，萝卜的汁儿迸到了他一脸。媳妇抓住了他的手，我让你洗萝卜，你咋把萝卜夯烂了，我还等着给你炒萝卜丝呢。三秋气哼哼的，又举起棍子夯另一个萝卜，夯着夯着三秋的眼泡肿起来，一泡水在里边包着。三秋说：英儿，咋得把岭儿弄出来，咱一定得把岭儿弄出来，不弄出来咱就是乌龟王八蛋，咱……

英儿抓他的手松开了。

英儿拽过棍子往萝卜上夯。

弄？

弄！

可是，三秋，我咋都心里扭不过劲儿啊，我咋越想越亏哩，那一家他动手打咱，咱咋不能还手哩？岭儿看他叔受伤他咋就不能上哩？咱先挨打，也是咱先去住院，最后咋都成他家的理了？

三秋说：他娘的，没理。

英儿盯着三秋，三秋，你别眼里包泪，要流你就痛快地流下来。咱是不是自卫？警察说挨了打要用法律，可法律他能神仙一样变到咱眼前么？眼看着锄头都夯到身上了咱不还手，等所里人来到咱不被打死了？

你不要说了。

咱先住院，咱息事宁人，咱吃亏是福，咱不想再把钱扔在医院里，咱就不怕吃亏地出了院，他咋就开了啥伤的证明哩？

他头有个口子。三秋闷闷的。

咱头上不也有个口子么？你看……英儿说着去拨三秋的头发，三秋的头上有一道疤，像一根蚯蚓。

三秋说：别摸了，疼。

英儿说：这是哪国的理啊？

三秋说：人家有人！

有人就不说理了？

怨咱，咱后来还是没有用法律，咱头上的疤可能没有他头上的长。

英儿把身倚在了三秋背上，和三秋背对背。秋天的太阳懒懒地照下来，一缕风儿把树叶卷成堆儿。两个人背对背想那想不清的事儿——同样是打，到最后咋为自己出气的侄儿进去了，协议解决要出一笔款。

三秋叹出一口气。

英儿出了一口气。

房卖了。

岭儿站到叔家时，从叔家出来的是另一个人，说这家已经不是三秋的家，房产证上的名字都变过了，你叔住村头两间破房里。岭儿心一沉。

岭儿说：叔，我屈死哩你也不能这样啊。岭儿站在两间破房前。

三秋说：孩子，我总算把你拨拉出来了。

就搂着岭儿哭。

岭儿说：你不该这样啊。爷儿俩的哭声像闷进柴垛的牛，像老辈人说的地牤牛。

岭儿几天后就走了。

岭儿肩上扛着包裹。

一年都没有回来。

次年秋天，有几辆砖车把砖往三秋的地基上卸，当当嘟嘟的，灰土飞扬，一会儿几摞砖摞上了。三秋和英儿纳闷，三秋说：这是俺家的地基呀，恁是不是卸错了？

拉砖人说：就让往这儿卸的。

三秋说：不对。

拉砖人说：对。

三秋说：对，对可没人给恁钱啊。

拉砖人拍拍手：我们不找你要钱，放心了吧。

三秋张望，在头顶上看见一片天，秋天的天很蓝，一道白云拖过。

岭儿坐在树荫下，吸烟。

三秋的心里叫了声，爷们啊……

眼泪就扑嗒扑嗒地掉下来。

老骡子的喜棺

老骡子打完最后一副棺浑身的力气都没了。

老骡子打了几十年的喜棺。

老骡子看看儿子，掏出了烟袋。

儿子把带嘴的烟递过去，打着了火。老骡子说：不要。

老骡子说：这副棺我要了。

儿子不解地看老爹。

老骡子说：不瞎说，我不行了。

儿子把烟都掐了。

儿子知道爹的身体越来越瓢了。

老骡子站起来，别了烟袋，拍拍新棺，榆木的，就是买了张五家的那根榆，结实，不沤。我看着这树栽上长大的，小时候我就和张五定下了，我说不要卖，我老时买走做棺材。可就是沉，榆木太实，往地里抬时抬重的人得多流把汗了，得花力气了。老骡子又拍拍棺，我多熬熬，木头干透了，轻，抬重的人就跑得快，活得也可以了，我不轧路。

棺头的寿字刻上了。

可是，老年婆病了。

那一天，老骡子刚掂着烟袋从太阳地里站起来，拍了拍屁股，捋了捋白毛，看见村医从老年婆家走出来，低着头，挎着药箱，老年婆的儿子在后头跟着。

摸了摸兜里有几块零钱，老骡子用锄把顶下挂在墙上的提篮，往十字路口。

提了几颗软的柿子。

捡了几根软的香蕉。

又进了铺面点了一袋冰糖，一盒山楂。冰糖化痰，老年婆的喉咙没清凉过，山呼海啸的。冰糖称好，他让铺面的女人找来一把小锤，弯下腰，垫一张纸褙儿把冰糖砸碎。

往老年婆家走。

老年婆的儿子儿媳都出来了。

老骡子把一捏冰糖塞进老年婆喉里，老年婆眼转转，后来她伸出手，手没了一点平展的地儿，他赶忙把一个柿子递过去……

老骡子对儿子说：把喜棺给老年婆！

哪个？

老骡子拍拍那榆木的，刻上寿字的。

老骡子说：我许过了。

老骡子掂出凿子，往棺材上又凿了两枝花。

秋风呜咽。

唢呐在秋风中呜咽……

老骡子又打了一口棺，喜棺。

老骡子说，这是我的，这才是我的，兔崽子，没看见上次那寿字咋刻的。

这一次，老骡子把自己的名字都打上了。

胡同岁月

沙奶奶70岁进了乡办敬老院。

沙奶奶起初不想去，但村里人坚持让她去，说各村集资修起来的敬老院，我们不去挺遗憾、挺吃亏的，敬老院的条件挺好的，让你去颐养天年呢。好意难却，沙奶奶也就去了。

可她常常想念生活了大半生的临河村，想念自己生活的那个胡同，想念胡同里那棵风烛残年的老槐树，和年年春上吃香甜的槐花的日子，想着想着竟有涎水从她没了牙的嘴里溢出。沙奶奶禁不住思念的诱惑，就乘便车又回了胡同。

全胡同的人像欢迎贵宾似的欢迎她，沙奶奶便感觉一股热流把她包围了。

"沙奶奶，敬老院好吧。"

"好，好……"

"沙奶奶……"

沙奶奶兴致极高地向人们讲述初进敬老院的见闻。末了，沙奶奶说："敬老院好是好，可我就是太想念咱胡同的人啦。"

"那你就常回来嘛，我们到乡里去也拐个弯去看你老人家。"

"那敢情好，敢情好。"沙奶奶感动得淌出了热泪。

这此后，沙奶奶每个星期都要回胡同住上一天，或乘便车回来，或人们办事将她捎回来，胡同里的人家轮流请她吃饭，陪她说话。再后来，胡同里的十几户人家形成个规矩，每周六轮流到敬老院接沙奶奶回来，让她回胡同过个星期天。全胡同人和和睦睦，仿佛一个和谐的大家庭。

这事县电台、电视台知道了，他们深入胡同采访了整整一天并进行了报道。再此后，市、乡有关部门将该胡同命名为"新风胡同"。乡党委书记亲自将"新风胡同"的牌子挂在了胡同口。那一阵子胡同里人常常因这荣誉激动不已。

沙奶奶71岁生日，按惯例敬老院要为老人做纪念，但胡同的人执拗地把沙奶奶接了回来，热热闹闹为沙奶奶过生日。幼儿园的几个儿童为沙奶奶跳舞、唱歌，全胡同里的人坐在一起为沙奶奶敬酒，敬得沙奶奶脸上竟出现了酡红，仿佛真的返老还童了。

不知怎的，这事又被电视台知道了，说要为以前录制的电视新闻续上一个"豹尾"。找胡同里的人和沙奶奶，求他们照生日那天的老样再做一遍，至于所花费的钱由他们支付。世代为农的乡亲不喜欢这种造作，沙奶奶更是连连摇头。胡同里的人们起初上广播、上电视、上报纸的兴奋和荣誉感一扫而光，又仿佛遇上了什么戏弄似的。电视台无奈搬来了乡书记、敬老院长、临河村的支部书记、村委主任。无奈，"新风胡同"里的人们平生以来第一次违心来了一次集体的造作。

这此后的又一个星期六的傍晚，小胡同里的人们看着他们轻松归来的三轮车，怅然中却又是长长地舒出了一口气。

父亲的守望

父亲的一亩三分地在村东。

我们村都把那地方叫黑土坑，说那块地土中浸油，极肥，是长庄稼的一片好地。种了一辈子地的父亲对土地有一种深挚的爱，没事的时候就守在田里，把一亩多地侍弄得干干净净，不见一根荒草。

我进城里以后，几次劝父亲和我们一起进城。母亲去世后，我越来越放心不下我的父亲，他毕竟已经是 70 多岁的人了，可父亲一直执拗地不肯。

这年秋季，父亲捎信让我回去一趟，并嘱咐我一定要带回那部照相机。

我匆匆地回了家，父亲把我带到了田头。父亲说："你爱照相，报纸上发过你拍的什么照片，今天你给我也好好地照几张吧。"

我问父亲照哪儿，父亲说："照这地啊！你看这庄稼多好啊。"我望过去，是啊，齐胸高的玉米棵绿盈盈的，风吹过来，长长的叶子悠悠地晃动着，半空的鸟儿在翩翩飞舞，白云在鸟的头顶顾自地白着。这天，我为父亲拍了好多照片，回到家，父亲问我："知道为什么让你拍照么？"

我摇摇头。

父亲说："你不是一直让我丢地吗？"

我惊喜地问父亲，"你同意了？"

父亲沉重地点了点头。父亲说："等收了这茬秋就丢。"

秋后，父亲又让我回去。

父亲说："地，转租给你旺叔家了，按别人转租承包的条件，给咱个口粮。"

我说："行。"

父亲说："让你回来，写个简单的手续。"

手续写好，父亲唤了旺叔，我们一齐往地里去。我们站在土地前，站在田头看着土地，收获后的秋天一望无际，到处是收割后的空旷。行动早的人家已经在犁地，拖拉机的嗡嗡声震动着田野，地头的野菊花在风中绽放。

父亲给旺叔点了地界。父亲说："老旺，地就交给你了，要种好，我虽然不种了，但我要回来看我的地，地的主人毕竟是我。"父亲深情地看着土地，一层湿润浸上了他的眼角。

好大一会儿，父亲叫我。父亲说："你好好认认咱家的土地吧。"父亲指指地头的一根树桩，"这就是咱地的记号。"

我点点头。

父亲很专注地站着，而后又对我说："孩子，你看到了什么？"

我仰起头，看着眼前的土地，看着土地那头氤氲着雾气的河水，我不知道该怎样回答父亲。

父亲又一字一顿地问："你看到了什么？"

我支吾着："就、就是地啊。"

父亲忽然很严厉地说："你个不孝子啊。"

父亲的话使我浑身一颤。我猛地抬起头，看见了我家土地的那头一方小小的土丘，坟丘上长着青青的葛巴草，坟前竖着一块矮矮的墓碑。那是母亲，那是早已经离开人世的我的母亲啊。

父亲说："这地咱种了十几年，我陪了你母亲整整十年了。这是你母亲临终前我许她的愿，现在我还愿了。"

我们无言地走向母亲的坟前，在坟前默默地站着。我再也禁不住流下泪来，为母亲，为父亲的守望。

仰望天空

那声惊叫是男孩发出的。

男孩仰头望着天空，目光穿透枝叶望向树冠上的鸟巢，可那鸟巢却空空的，不见鸟儿。男孩有些意外，有些失望。他一边望着天空搜寻，一边惊讶地大喊："妈妈，妈妈，你看树上的鸟巢怎么是空的了？"

妈妈和他一起仰头，那鸟巢果然空了，四周的天空一片空白，妈妈也有些失望。她是个教师，业余时间爱写些文章，也很喜欢鸟儿，喜欢鸟织成的风景。孩子的发现使她有一种怅然若失的感觉，她仰头看着，心头有种迷惘，这鸟巢什么时候空了呢？但她安慰男孩说："它们飞出去找食，或者去外边游玩了，等等吧，它们会回来的。"

这天是星期天，他们的目光几乎一直望着高高的树冠，看着远的近的天空。

最终的结果使他们失望了。

失望的天空一片寂寞。

又一个星期天，男孩走向村外的旷野，去寻找曾经属于那个巢中的鸟，可偶尔看见天空有鸟飞过，却在一瞬间又飞向了远方。鸟儿迷失方向了吗？鸟儿把那个巢忘了吗？

男孩是被妈妈从梦中叫醒的，他醒来时身体还倚在一棵树干上。妈妈说："孩子，你怎么一个人独自坐在这里啊？"男孩说："我看见鸟了，看见鸟了。"妈妈说："孩子，回家吧，你看太阳都要落到山的那边去了。"

日子在男孩的企盼中一天天过去。

　　有一天放学，男孩回到家，忽然听见"咕咕"的叫声。妈妈把一只笼子递到他面前说："你看，你看，咱家有鸟了。"男孩欢喜地看着几只洁白的鸽子，脸上渐渐地有了笑意。他说："怎么把鸽子装在笼子里呢?"妈妈说："先装在笼子里，等它们熟悉了这里的环境就放开。"

　　半个月后，妈妈把鸽子从笼子里放出来，它们在院子的上空盘旋着，像一片片游动的白云。男孩每天总爱撒食逗鸽子玩，他的脸上又有了童真的笑容。

　　这天清晨男孩走出屋门，忽然惊喜地叫起来："妈妈，妈妈，你看。"妈妈赶忙跑出来，顺着孩子的手指看去，一只洁白的鸽子落在树杈中间的鸟巢上，有风吹来，鸽子在巢中一起一伏，白得像一个天使。

　　妈妈紧紧地攥着男孩的手，久久地和他一齐望着天空，望着那幸福地落在巢中的鸽子，他们的眼里都有泪水溢出。妈妈喃喃地说："这鸽子是懂孩子心事的啊。"

苇　坑

在外混了那么多年，老人回到了村里。

老人四方脸，戴一个花镜，头发已经有一半白了。刚回来时，老人总在村里转来转去，像寻找曾经遗落的什么，后来他吸着烟，定定地看着眼前的一个地方，发白的头发在风中一扯一扯的。根子爷说，老人看的地方原来是一个大苇坑，几十亩的大，一到夏天，满坑苇子葱葱绿绿的，苇鸟儿唧唧喳喳的，热闹得像每根苇子都在叫；到了秋天，洁白的苇缨在风中飞，那白呀真是好看。苇丛边有水，护着满塘的苇子，鱼在水里游来游去的，总是捉不完，一条大鱼后边一不留神就跟上了一群小鱼儿。后来，苇子毁了，苇坑上都盖了房。

过了一段日子，老人开始坐在村外的一条大沟边，沟是被村里人盖房挖土起成的，毛毛糙糙的。他手里夹一支烟，吸一口，喷出一片烟雾。坐了一截时间，老人开始行动了，出钱雇人把坑挖得深了，大了，修理得方方正正，坑看上去挺规矩。

坑整好，老人骑一辆自行车出去了，一连几天没见过他的影子。五六天后的一个傍晚，老人乘一辆农用汽车回来，自行车扔在车斗上，从车上卸下来的是一把一把的苇根，老人找人把苇根一把把栽进了沟里。此后，老人又坐在坑边，手里夹着烟，吸一口喷一片烟雾。

第二年春，坑里冒出青青的芽子，一根根尖尖地透出坑里的泥土。渐渐地那芽儿扑棱开了，慢慢地苇芽变成了苇苗儿。苗儿再慢慢地长高，长一寸透出一片叶子，再长一寸，又透出一片叶子。夏天的时候，苇子长高了，坑成了苇坑，老人一直在坑边坐着，每天绕着青青的苇子转圈儿。

老人又往坑里扔了些鱼苗。

天旱时，老人找人往坑里抽水，水汪汪的，苇子壮壮的。秋天，苇子上长出了苇缨，风一吹，坑边落满了苇毛子。

鱼渐渐地长大了，老人有时伸一根钓竿，静静地看着鱼往钩上咬。慢慢地，坑边显得热闹起来，大人小孩的都来看苇子，看钓鱼，看鱼儿在坑里甩着尾巴自由自在地游；鸟儿也来了，唧唧喳喳地叫，爪子蹬在苇尖上，从这根往那根上跳。

根子爷也去看苇坑。

有时两人绕着苇坑转圈，根子爷说：这坑多好啊。

老人说：不好，和那时候的差多了。

根子爷说：老哥，图个啥呀？

老人看着风中倾动的苇丛：啥也不图，就是想看苇子，看了苇子心里踏实。

喝醉了去守母亲的坟

有几年我喝醉了，就去守母亲，守母亲的坟。

家人不知道我去了哪里，妻子不知道我去了哪里。我很自由，独自地守在母亲的坟前，我搂着坟树，我把坟树上的麻雀都摇醒了。我是轻易不喝酒的，一旦喝醉了就特别想去守一守母亲。我对娘说：娘，儿很想你，20 年了，我一直想你。而后，我很幸福地守在母亲身旁睡着了，半夜睁开眼，发现我身上盖着一个天。早晨的时候我又拥有了天大的一片阳光，麻雀落在我身上，唧唧喳喳地把我的头发当成了树梢。

那棵坟树已经几把粗了，我把母亲最后走出田地回家的那条小路想象成了通天的大道。我让母亲告诉我她现在的日子，母亲还像 20 年前那样少言寡语。

后来，满街找我的是我的妻子。妻子满街地趟着脚印，满街地问我，见我们家的那个人了吗？妻子这个人很固执，好多次她不找我，找起我来却又犟劲得很。她让村里的大喇叭喊我：你在哪里，快回家吧，你老婆找你等你吃饭哩！村里的大喇叭绑在十字路口的电线杆上，八只，分别朝着东南西北、东北、西南、东南、西北八个方向，响得很，像为一个人喊魂。我也犟，听见了就是守着母亲不动，像小时候一样守着娘，在睡眼里摸着娘乳汁饱满的奶，脚蹬着娘长满茧子的脚。有时候妻子带着我家的狗满街里找，她很正色很庄重地训狗：闻，闻咱家的男人在什么地方，闻，闻着了去把咱家的男人叼回来。

终于有一天她找到了我。我睡着了，她和狗坐在我的身边，她拽住狗的耳朵不让狗闻我，她动情地瞅我，麦苗上汪上了露珠，她身上落满了月色。我醒了后她说：你怎么能喝醉了来守娘呢？娘会操你的心，你其实是一种不孝。

　　我看着娘的坟，我站起身。妻子拉住我说：再坐会儿吧，我陪你坐，只是以后不要喝醉了再来。

　　那一夜，妻子和我一直在坟前坐着。

重逢笛声

每当置身喧闹的音乐声中，我的耳畔就常响起悠扬而忧郁的笛子声。我想念笛子。

其实，我想念笛子，是想念爱吹笛的瘦叔。瘦叔是六爷的儿子。六爷的家就在我家的院前。

我上小学时的一个夜晚，我走出去找小伙伴玩，一阵笛声吸引了我。我走进了六爷家，走近了那笛声。我看见瘦叔正坐在他的床边痴痴地吹着笛子。那笛声好美啊。我也就是从那时起开始爱上了笛声，也了解了瘦叔的命运。

瘦叔爱上竹笛是从他婚姻屡遭挫折开始的。瘦叔貌不惊人，更主要的是他家穷。那时候六奶刚过世，瘦叔与六爷相依为命。瘦叔到了定婚的年龄，六爷常常在与同龄人闲谈时谈及瘦叔该定婚的事，那意思是求老伙计们为儿子操一点心。六爷的话起了反应，但一连几个对象在看过瘦叔又相过家后都告吹了。我从那时开始接触瘦叔的笛声。瘦叔平时很少言语，仿佛他的语言都通过笛声向外传递着。

终于，瘦叔定婚了，对象是一个耳朵残缺的姑娘。相家时我们看到那个姑娘个子高高的，但纱巾却把脸颊与耳部紧紧地捂着。

然而，婚姻又因一个故事中断了。那一年家庭联产承包责任制刚刚实行，六爷家分到了一头黑色的小毛驴。一天六爷到供销社去买什么东西，看到货架上系着鲜红缨络的牲口笼头不禁心旌摇动。囊中羞涩的六爷慌乱中趁人不备把笼头握在了手里，然后匆匆地离开供销社。谁知六爷刚走下门台，就被那个营业员拽住了，六爷磊落的一生中有了不光彩的一页，一把笼头使六爷名声大噪。

瘦叔还在吹笛，但他不知道一声声笛音像针一样插进六爷的肺腑。六爷为此落下了一场大病。

一年后六爷离开人世。殡葬那天的傍晚，瘦叔独自一人在六爷坟前站着，直到暮色将临，瘦叔从袖筒里抽出笛子吹着。从此瘦叔不再吹笛子，我感觉到生活中似乎失去了一样至为宝贵的东西。

次年春天，瘦叔走了，到一个不知叫什么名字的山村投奔亲戚去了，也有人说去什么地方做了倒插门女婿，那院子卖给了一家邻居，从此音讯隔绝。

然而，想不到在我已经做了孩子的父亲后，竟然还能重逢这久违的笛声，转眼二十年过去了啊。

那一天我到山区采风，在山脚下，忽然被一种神奇的声音吸引了。我静静地站着，辨认着声音的方向，确认是什么声音。啊，笛声！我匆忙奔笛声传来的方向走去，笛声止了，看到吹笛者却是一个年轻后生。"找人吗？"我说："不，我是听这笛声。"那年轻人惊奇地看着我。我说："我能看这笛子吗？"他狐疑地把笛子递过来。啊，是瘦叔的笛子，它没什么特殊的印记，但我一眼就能认出来，这千真万确是瘦叔的笛子。我忽然眼里汪满了泪水，想不到我还能看见这根笛，还能听这久违的笛声。我说："这不是你的笛子吧？"

他好奇地看着我，从他看我的眼神里我仿佛看见了瘦叔的影子。他说："是我爸的。"

"能带我去见你爸一面吗？"

点过头，他带我七拐八拐走到山脚下一片药材地。正是初夏，药苗葱绿地生长着，我看见一个人，正用锄头收拾着面前的药苗，那是瘦叔，头发已经发白，饱经沧桑的脸上刻满生活的印记。

没有言语，我们久久地对视着。

好久，瘦叔从儿子手里接过笛子，就在苗圃中站着，目光向着遥远的山下，悠扬但深沉的笛声响起来。我沉浸在这久违的日思夜想的笛声里，仿佛看见那笛声化作片片云彩悠悠地飘向远方。

瘦叔的儿子告诉我，他的父亲每天都要在这儿向着山下吹一阵笛子，说是吹给老家，吹给爷爷的。我注视着瘦叔，我看见几滴泪珠落到笛筒上又轻轻地落到脚下。

瘦叔吹了很久。

桔 子

　　桔子在晨昏中往河滩上走，星星还冷清地在天上晃着，这是桔子第一次这么早走这样的路。桔子是去河滩上卖青沙，那堆青沙是昨天和父亲挖到岸上的。父亲晚上回家后突然拉肚子，拉得脸一夜间就窄了，早晨的时候父亲只好催桔子。父亲说："桔子，你去把沙子卖了吧，别让他们哄你，那种小汽车拉一斗儿是80块钱，咱的沙子最多也就是一斗儿。"桔子娘说："我跟桔子去吧？"桔子不叫，桔子说："娘，不行，你在家照顾爹吧，还有院里的几头猪在哇哇叫你上食呢。"娘有些心疼地看一眼桔子。

　　在鸟儿的叫声中桔子找到了那棵小榆树。那是昨天离开时父亲特意交代的，沙子就在小榆树的旁边。父亲说：桔子，记住这棵小榆树。小榆树在晨昏中晃动着瘦小的身子，桔子往下弓着腰调逗着身下的狗尾巴蒿，沙子和你们做了一夜的伴，你们该高兴了吧？可是我要把沙子卖掉了，真对不起你们，桔子要去城里上学了，要带很多的钱。父亲总嫌桔子带的钱少，这车沙子卖了，也要桔子带在路上。桔子有自己的想法，这80块钱，最多带一半儿，余下的几十块就够爹和娘一个月的零花了。

　　桔子却呀地叫了一声，桔子用手摸来摸去的，用脚扫着地面，她甚至用手扶着小榆树，可是却找不到沙堆了，她插在沙堆上的野菊花也不见了。桔子的泪亮了起来，桔子已经是一个大孩子了，可桔子抑制不住，起得这么早，沙子还是没了，还是被拉走了。桔子蹲下来，睁大眼睛看地面，用手摸脚下的辙印儿，辙印儿软软绵绵的，好像还散着热气。

桔子的泪哗啦下来了。

沙子没了，父亲昨天辛辛苦苦掏力流汗一担担挑成的一堆青沙被人拉走了。她顺着辙印往前走，走一截路她弯下腰摸一摸喧腾的辙印，摸一摸路上的尘土。在走到一个河岔时她迷住了，小鸟在头顶叫，她想问小鸟，可是小鸟又扑棱着飞远了。

她想返回去，想返回到那棵小榆树，她在想一定是谁拉错了，天黑看不清，一定是谁拉错了。

远处的车声提醒了她，她顿住脚，听见一辆机动车的声音，声音从她走过的路上绕过来，嗵嗵嗵，晨光越来越清晰了，车声越来越近。桔子愣了几分钟，仄回头往身后的来路上跑过去，这时候她听见沧河桥上又传来列车的咣啷声。

她迎着那辆机动车，她绕过车头往车斗上瞅，司机说："唉，小妹妹，你瞅什么？你要找车吗？"

她摇摇头，她说："不，我家的沙子被人拉了，我看是不是你拉错了我家的沙子，我家的沙子我能认得，咬一口都咬不出泥的那种沙子。"

年轻司机说："你怎么能这样说呢，我拉沙子都是光明正大的，现钱交易，装了沙子就给人家沙钱。"

"可是我家的沙子丢了。"

司机探着头，顺着桔子的手指尖朦胧地看到一棵小树。桔子说："就哪儿，我家的沙子没了。昨天，爹一担一担挑出来的沙子，爹说，卖了沙子，就该送我往城里上学了。"

日头已经往外拱了，拱出半拉嫩嫩的脸，拱出玉米粒一样淡黄的光晕。司机被她说得有些不愉快，扭回头看看自己的车斗。"小妹妹，我可是刚刚过来的，你看我的车斗，可还没有一粒沙子，我刚出来找沙子的，找那种一尘不染的青沙，就是你说的那种吃在嘴里也咂不出泥来的沙子。"

桔子说我们昨天挖的就是那种青沙。

司机再看看桔子，看看桔子耷拉的脸，司机干脆把火熄了，对桔子说："这样吧，你能给我找一车青沙，我给你30块钱。"

桔子摇摇头。

司机说："我不怕贵，我给你帮忙费，我们老板急着用，你看我这么早就开车出来了。"

桔子扭回头看朦胧中的河滩，看那棵孤立的小榆树，桔子湿着眼想起父亲的盼望。桔子有些动摇，再扭回头对司机说："我试试吧。"

桔子开始沿着河岸走，蹬着细秸杆儿的腿。这时候桔子才看到路上有好多好多的沙堆，都是青一色的沙子，有几堆上还卧着几棵草，或者几只鸟儿，没看到沙堆的主人。桔子继续往前走，终于在路的拐弯处看见一个大叔，脸上还带着疲倦，路边支着一辆自行车，腿上粘着潮气。他的身旁有一个四方方的小沙堆，比她和父亲的沙堆大。桔子迎过去。"大叔，我问你个事行吗?"那人笑了笑，脸上的疲倦消了几分，"这孩子你咋出来的这么早呀?"

"你认识我?"

"你不是叫桔子么? 你不是要进城上学么?"

"是啊!"

"我也是老塘的啊，孩子，只是咱两家离得远，你回去问你爹，按辈份你该叫我老千叔。"

桔子转过话弯来，"哦，老千叔。"

那辆车被桔子喊来，司机开始从车头里摸出一把钢锹装沙子，老千叔也从草窝里摸出一把锹。桔子也想往车上撩沙子，可是她帮不上忙。老千叔说："你歇着吧，马上就是城里的学生了，再过几年就是大城市的大学生了，身上别再沾那么多的土气。"

装好车，司机给老千叔沙子钱，转到车斗后把 30 块钱递给桔子。

桔子忽然觉得不合适，摇摇头不要了。

"拿着吧，刚才听说你去城里上高中，我很羡慕你，好好学，考个好大学，给恁老塘争口气，我考过，没考成。"

桔子犹豫着接下了。

桔子拿着钱往回家的路上走，一天的日头已经坦坦荡荡地出来了，秋天的阳光很亮，天很好看，一片蓝连着一片蓝，草稞上的露珠镀上了金黄色。

桔子忽然听见父亲的喊声："桔儿，桔儿。"桔子看见消瘦的父亲站在河滩上。

桔儿倏然觉得自己很不中用，听见喊声就哭了。她惭愧起来，她跑过去，她说："爹，咱的沙子找不到了。"她又举着手里的钱向父亲解释。

父亲却对她喊："不对呀，桔子，这不是咱家的沙子嘛。你看这棵小榆树。"桔子愣住了，桔子果然看见了那棵小榆树，看见榆树根儿那方小沙丘。沙丘上插着野菊花，菊花被露水滋润了一夜，被阳光一照好像又开了。桔子转身，对爹喊："不行，我得把钱还给那司机叔叔……"

桔子的小脚在路上跑，小手往天上挥，阳光从指缝里穿过去，父亲看着桔子。拉沙车已经跑远了，沧河桥上又爬上一列火车，哐啷哐啷地响……

秀秀的歌声

　　那段寂寞无聊的日子，秀秀常散步到城外的那个小河边。这是她曾练过嗓子的地方，河中水映过她青春的身影。面对缓缓流动的河水，面对掠过河滩上空的鸟儿，她常常沉缅于对过去生活的回忆。

　　秀秀原是县剧团的主角，是剧团的台柱子。可剧团一直不景气，剧团无奈地解散了。剧团宣布解散的那天，秀秀和几个姐妹抱着院里的那棵梧桐树大哭了一场，泪水洇湿了脚下的土地。那段时间秀秀犹如一棵遭了霜打的树，蔫蔫的没有丁点精神。

　　剧团解散后，姐妹们为了谋生，有的投靠了乡野剧团，有的加入了唢呐班，到农村的红白喜事上演唱，收入也相当可观。前来聘请和相邀秀秀的很多，但秀秀甘于在家赋闲，都婉言谢绝了。

　　后来，秀秀常来这河滩散步，慢慢地忍不住就在河滩唱开了。她的声音还那样甜润，唱腔还那样悠扬，秀秀像在戏台上一样做着动作，有时秀秀唱得如泣如诉，唱着唱着脸就滚满了泪水。秀秀对着河水看自己依然苗条的腰肢，头发却渐渐地乱了，脸也显得有些憔悴。

　　有一次秀秀唱完，忽然发现远远近近地站了好多人，唱完了还有人鼓掌。人们认得她，知道她曾是剧团的主角。秀秀的眼角湿了，秀秀面向众人恭敬地鞠了一躬。

　　秀秀更加频繁地来河滩唱。

　　有一段时间她在河滩上常遇见一个老人，老人穿戴整齐，只是显得有些清瘦，她唱时老人总是很安静地听，每次和她的目光碰在一起，老人总是向她微微一笑。有一次老人和她走在一起，老人说：我知道你的遭遇，像你这样的人下岗失业真是太可惜了，剧团解散也真是遗憾。

时间长了，她知道老人是个退休工人，原来一直在外地工作。她还是在河滩唱，老人几乎每次都坚持听，听她唱的人也越来越多。

有一天秀秀接到原剧团负责人的电话，让她马上到剧团去，有好消息。到了剧团她才知道，剧团要重组了，县里有一个大款主动提出每年向剧团进行赞助，要重振剧团雄风。姐妹们感动地拥在一起，相互伏在肩上擦着激动的泪水。

经过一段排练后，剧团开始重组后的演出。那个年轻的老板参加了首场演出，讲了话，表了态，语言铿锵有力，显得很有风度，使团里的人听了群情振奋，台下也爆出雷鸣般的掌声。

经过改革后的剧团又重新恢复了生机，只是好长时间没再见到那个老人。

这年秋季，满野飘着悠悠落叶的一天，年轻的老板沉郁地走进剧团，按照当地的习俗向大家行了个跪地的大礼。老板说：我父亲走了，临死前有个遗嘱，就是在大葬前，请秀秀在他灵前再唱上几段。

秀秀走进灵堂，老板的父亲卧在花环丛中。走近了，她一惊，啊，原来他就是那段时间在河滩遇见的那个老人。

老板说：正是父亲在河滩听过你的唱，才提议我赞助了剧团，父亲是在病中坚持到河滩听你唱的……

她弯下腰向老人深深地鞠了一躬，放开了悲声。

我们都喊他的大名

　　狗蛋其实还有一个名字叫陈树才，可是村里人好像都喊惯了，每次见他要么不喊他的名儿，要么就是直呼其名地喊狗蛋。不知咋的，狗蛋觉得这名字有些别扭了。

　　一次狗蛋喝多了酒，便在大街上歪歪咧咧地喊："以后我不叫狗蛋了，不叫了，你们都不要喊我狗蛋了好不好？"

　　听见的人就议论："不叫狗蛋了叫什么呀，财一大气一粗名字也不要了。"

　　酒醒了，狗蛋洗把脸，依然回到他与别人合伙办的厂里做他的股东。只有在厂里狗蛋才觉得威风，狗蛋叫陈树才，工人们都讨好地叫他陈厂长。但听见工人们叫他陈厂长，他就想起别人叫他狗蛋的不舒服。狗蛋现在是脸面朝外的人了，这几年运气好，发了财，什么都顺，就是这名字听起来有点不顺心。做了厂长，要与外地客商谈生意，还时不时到城里大酒店去风光风光，可在这种场合让村里人撞上，与他打招呼还是狗蛋，真有点大煞风景。狗蛋想着得改名字改称呼。

　　他骑摩托去了婶家。

　　婶子与他打招呼："哟，狗蛋咋闲了？"

　　狗蛋说："婶，我不想叫别人再喊我狗蛋了。"

　　婶子说："咋了，叫狗蛋咋了？"

　　狗蛋说："不好听，我好歹也是咱村的混家了。"

　　婶子说："那，那叫啥啊？"

　　狗蛋说："我叫陈树才，叫我树才嘛。"

婶子说:"狗蛋呀,你这代号可是你爹妈打生下你就起的,咱乡里人越是疼就越是起这名字,这代号你可是叫了30多年了,要改容易嘛?现在你爹妈不在了,改名字不怕你二老九泉有知,心里难受吗?"

狗蛋说:"这陈树才不是也是我爹妈起的么?"

婶子说:"咱乡里人就爱叫这奶名。"

狗蛋有些急了,"婶,这样吧,我给你2000块辛苦费,您老多进几家做做工作。"

婶说:"狗蛋,你不要勉强我,这钱就什么都可以买到了吗?"

狗蛋又去找了四伯,四伯曾是村里的老村长。狗蛋进院时,四伯正躺在藤椅上听广播,狗蛋喊了声四伯,四伯关掉了收音机。"狗蛋,啥事呀?"

狗蛋说:"我,我不想再让人喊我狗蛋了。"

"咋了?这名为你惹祸了?"

"没有。"狗蛋为四伯让了支烟。

"那改什么?"

狗蛋说:"这狗蛋不是不雅气么?"

四伯说:"这名字不雅你不是也挂着这代号生活了30多年,这名字不也伴你挣了几十万么?"

狗蛋说:"反正,我不想再让人这么狗蛋狗蛋地喊,不舒服。"

四伯有点急了,"狗蛋呀,你不让人叫你狗蛋,叫你什么?叫你雷锋,叫你……可你有这德行有这资格吗?村里2000口人,你能说服了吗?啊?"

秋天,下了场大雨。

雨住的次日早晨,狗蛋骑摩托往厂里去,跌进路上的一个坑里,摩托熄火,跌得狗蛋在溅满泥水的路上呲牙咧嘴。火气未消的狗蛋去找了村支部书记。

"支书,咱这路也该修修了。"

支书笑笑,"修,说起来容易,可做起来难啊。"

狗蛋脸憋得通红,"我出5万。"

支书说:"你说得当真?"

狗蛋说:"怎么不算!"

支书说:"那你立个字据。"

狗蛋就立了。

……

路修好了，开通那天，村里举行了一个通路仪式。支书在仪式上放开嗓门："老少爷们，咱村这路，陈树才一个人捐了5万啊。"

"哗——"场上爆出雷鸣样的掌声。

支书说："陈树才同志这几年富裕了，发财了，但他为咱村为新农村做实事了，是个人物。我提议我们以后不要再喊他那狗蛋的小名了，尤其在一些重要的场合，我们以后都喊他树才，叫他的大名，这名字好听。"说完，支书扭头瞧一眼狗蛋。

"树才，树才，树才……"场上忽然响起无数喊"树才"的声音。

狗蛋的眼睛湿了，眼湿湿地望着通向远方的路。

其实，跌那一跤狗蛋是故意的。

芦苇

多好的一片芦苇啊！

局长让司机沿着苇湖慢慢地走。局长今天显得格外深沉，两眼有些空濛、有些贪婪地望着窗外。芦苇在秋风中摇曳，一群鸟儿掠过苇子的上空。

你知道我为什么叫苇生吗？局长像是自言自语，又像是问着司机。

局长说：那时候我家的旁边就是一大片芦苇塘。秋天的时候苇缨毛飞得满院子都是，像春天的柳絮儿。妈生我是在夏天，满塘的苇子正长得葱茏。给我起名儿时，爹站在院子里，看着青翠的苇子，就给我起了个苇生的名字。

我也真爱芦苇啊。局长今天有些滔滔不绝。苇塘里的苇子，青青翠翠的，三四米高，苇缨子白得圣洁，苇鸟儿的叫声像音乐，不，它本身就是最好的音乐。多好啊！苇子的四周都是水，是保护苇子的一条沟，叫壕沟。壕沟里有鱼，大多是鲫鱼，扁扁的身体，看上去像古代的一种陶器。还有泥鳅，藏在污泥深处那种黑色的鱼。我长到爹胸部时就开始下水捉鱼了，那时候鱼多啊，我一个小孩子三摸两抓的就是一条鱼，那时候鱼不稀罕，都吃腻了。现在吃一条鱼少则几十元，吃个王八吧，几百，吃一只龙虾更厉害。唉，多想那时候的时光啊！

局长还在滔滔不绝地讲下去。

我的苇子情结就是从那时候开始的，没事的时候就坐在塘边看苇子，趟进芦苇中玩。有一天午后，我在苇丛中睡着了，睡得可香了，香得还做了一个甜甜的梦。后来是一个女孩儿用苇缨子痒我的脸把我痒醒了。现在想起来那是我最幸福的一觉，醒来时看见一个女孩调皮地看着你笑，那多乐啊。

我和这个叫桂敏的女孩后来就常在苇塘里玩，跑得疯癫癫的。夜里坐在苇塘边儿，听风掠过苇塘的声音。在我考上大专的那一年，苇塘已经不存在了。我和桂敏是在村外一处窑场边告别的，那儿有片野生的芦苇，是桂敏带我去的，桂敏说，最后一次看看芦苇吧，说不定你一走离芦苇越来越远了。

我真的从此没入了城市的人流，当村庄没有芦苇的时候，那个爱看芦苇的孩子也离开了。但回一次老家，我还去生长过芦苇的地方看看。如果把建在那里的房子拆掉，说不定芦苇还会顽强地窜出来。这一走，我就忘记了我的初恋，桂敏嫁走了，据说嫁在离这片苇荡不远处的一个村庄。她为什么嫁到那儿？她是还想看苇子，看洁白的苇缨啊！

局长忽然用手擦拭着眼角。

我清醒的时候就有负罪感。这片苇湖你和我来过几次了，我是想念童年的芦苇，才到这片芦苇来的啊。要是能做个平常的农民，整天守着这些苇子多好啊！

司机没有答话，司机仿佛受了感染，两眼空茫地望着前方，两手机械地磨着方向盘。司机想说，可是局长自己说出来了，可我……我竟和歌厅的那个小妞来过这片圣洁的地方……

局长不说了，局长两眼定定地看着前方，前方就是这片苇湖最亮丽的地方：一大片芦苇外形成一个椭圆形的湖，远远看去，水明明净净的，白色、黑色、灰色的鸟儿在湖边飞起飞落。

停。

车戛然停住了。

局长意犹未尽地下了车，回过头看看司机：你回去吧。

局长掂着一个包，径直地向苇湖中走去，司机有些愣怔。局长脚步停了停，侧过身，说：回吧。今天我不会回了，带了渔具在这里钓鱼，可能还要去看那个叫桂敏的女人，找你的时候会和你联系。

司机知道局长的脾气。

司机默默地看局长往深处走，苇丛渐渐地把局长淹没了，他想跑过去再看看局长，但又止住了。司机开了门，看一眼湖水和满野的白苇缨。是啊，多好啊，可是……

翌日，局长的车又开向那个椭圆的湖，不过却夹在几辆警车的中间。他们找到局长时，局长的身下铺着一片苇缨，他的身边放着一个安眠药瓶。瓶下压着一个厚厚的信封……

冬青的命运

　　乡机关后院的甬道两旁是两丛高高的、枝繁叶茂的冬青。清晨，冬青的枝叶上泛着露珠，晶亮亮的，像一串串晶莹的珍珠。每年春天，办公室人员用那把大剪刀对冬青进行一次修剪，远远看去，平展展的冬青像一片绿色的草坪。

　　牛书记非常喜欢冬青，没事的时候常常在两丛冬青旁散步，用手摩挲着冬青的枝叶，每年总要在冬青旁照一次两次相，电视台采访他的时候，常常让冬青作背景。

　　前年牛书记走了。

　　夏乡长成了夏书记。

　　夏书记从原来的屋搬进了牛书记住过的办公室。夏书记做书记后，会议室、办公室被装修一新，而后，夏书记的眼光盯上了冬青。

　　"太高，剪低些。"

　　我们办公室忙乎了整整一天，一米多高的冬青一下子矮了半截。

　　可是夏书记还是不满意。

　　"这枝叶太老了，全剪了，让它从根部再长嫩枝吧。"

　　我们不情愿，但书记的话难以违拗。剪刀剪不动，我们从农户家借来了镰刀，经过几天的刈杀，湛绿的枝叶不见了，只剩下丛生盘剥的老根，等待着迸发新芽。

　　夏书记说："这多眼亮。"我们也感到眼亮了，但那美的枝叶做了牺牲。我有些不服，我想说这是以牺牲美做代价的，办公室的同事劝住了我。

　　我们等待着新芽的快快生长。慢慢地新芽真的露了出来，可一个月才长了寸长的嫩枝儿。我每天都俯下身看那嫩枝儿的生长，我和办公室的同事怀着急切的心情几乎每周都给它浇两次水。

在我们的管护和盼望中，那嫩枝儿慢慢地长高了，我们期望它快快地长，长成像以往那样两丛绿色的屏障。

可是有一天夏书记说："全铲了吧，修成花池。"

于是包工头带着一班人马走进乡政府，机关后院响起了运砖运沙的农用奔马声。那些冬青这一次是彻底地被连根刨掉了，几百株冬青两天的功夫全都被曝晒于太阳底下。我不忍心它们全被晒死，在下班回家时带了几株，在院里栽上了，也算是留个纪念吧。

一个月后，两排长长的花池建好，花池的墙面粘上了洁白的瓷砖，花池里栽上了几株月季、几株棕榈、几株黄杨。冬青彻底地从我们门前，从我们视线中消失了。

这年，从临河乡调走的牛书记几经辗转成了我们县里的副县长。那天，办公室接到一个电话通知，说牛县长过几天要到临河乡检查工作，特别吩咐把院里原来的冬青修剪修剪，牛县长要和过去乡机关的老同志在冬青旁补照几张合影，电视台随行采访也要有一个冬青做衬托的背景。

"可是……"没等办公室接电话的同志说完，对方的电话已经挂了。我们有些疑惑，难道牛县长不知道冬青已被铲除？再想想，他走后好像真的没有回过临河乡，这次再来临河乡，意义大不相同了。

无奈，办公室把通知如实向夏书记进行了汇报，夏书记听了好久没有说话，头重重地倚在靠背上，像在沉思什么。那天夜里夏书记又在花池旁徘徊了好久。

翌日，那支铲掉冬青、垒起花池的包工队又走进了乡政府。漂亮的花池被毁掉，地面又被刨开，匆匆忙忙从花圃买来的冬青又栽在了甬道旁。

牛县长来了，先到全乡转了一圈，看了他当年组织开发的千亩桃花园。临近中午回到乡机关，兴高采烈地和机关的同志在两丛冬青旁照了相。电视台以冬青做背景对牛县长和夏书记进行了采访，从牛县长的表情看好像根本没有注意到冬青的异样。

不久，机关的同志每人收到一张合影相片，相片中的冬青郁郁葱葱的，牛县长笑得很灿烂。后来听人说，其实牛副县长早就知道了他走后那冬青被铲除的事儿……

乡长买鱼

　　雨，疯了似的一连下了几天，水说涨就涨了。临河乡是泄洪区，几个临河的村庄外一片汪洋。

　　这天，乡长带几个副职深入村庄检查受灾情况，看着青青的庄稼被洪水无情淹没，都禁不住扼腕叹息。乡长也在心里嘀咕：摊了个泄洪区当乡长真是倒霉，每年的防洪抗洪占了多大的精力啊。来到河柳村，只见河堤内通往村里的路也溢了水，路旁的几座蔬菜大棚淹在洪水之中。乡长看见不远处的水边蹲着一个农民，身边放着一个红色的塑料盆，盆里有一条四五斤重的鱼，扇形的尾巴在盆里一翘一翘的，头在盆里挣扎。乡长的眼放了光，他走过去挨着农民蹲下来，两眼定定地看着那条鱼。副职们也都围过来，夸说是条大鱼，是条好鱼。

　　乡长看着那条鱼忽然有了强烈的食欲，他用指尖拨拉一下鱼，鱼一扑腾，溅了乡长一脸腥水。乡长也不恼，抹一下脸继续看鱼。看着看着，乡长张了口："我想买了这条鱼。"

　　农民好像没听见，没有搭腔。

　　乡长又说："我想买了你这条鱼。"

　　农民两眼呆呆地看着眼前的水："不卖。"

　　乡长说："给你十块钱。"

　　农民说："不卖。"

　　乡长说："三十块钱。"

　　农民还是很干脆："不卖。"

有位副职说："你知道这是谁吗？这是咱乡长。"

农民看了看乡长，乡长以为农民动心了，伸手去衣袋里掏钱，已有人将钱递了过来。农民却倔倔地说："不卖，乡长也不卖。"说完，径直端着鱼往村里走，脚踩在水里溅起一片水花。

乡长很尴尬。回去时，乡长坐在车上，脸涨得像猪肝，闷着头一句话不说。副职们说："这家伙是个倔驴，等发救济款时让他尝尝难受的滋味。"乡长不言声。那次跟乡长一同下村的有办公室的一名笔杆子，笔杆子回乡后对这件事反复琢磨，感慨颇多，他想到了鱼水关系，于是选中角度伏案疾笔，引经据典，写了篇《关于一条鱼的沉重思考》的文章。

文章很快发表了。

好多人都看到了这篇文章。乡长本想对笔杆子发一通脾气的，但仔细看了文章他又忍住了。他把文章剪下来放在了玻璃板下，并在那篇文章下边注上了一行小字。当时正是洪水过后生产自救的关键时刻，乡长不再呆在乡里，带几个人下了村。

一星期过去了。

这一天，一个农民掂着一条大鱼走进了乡政府，找到了乡长办公室。"乡长，这条鱼我给您送来了。"乡长惊愕地站起来。农民说："村长训了我，狠训了我，这一段时间看您和我们一身水一身泥的，我真惭愧……"

乡长也诚恳地向农民作了检讨，他说："我不该在那个时候想着吃鱼。"

农民嘴快："那天我就是这样想，才不给您鱼的。"

也就是这一天吧，笔杆子看到了乡长写在那篇文章下边的小字："鱼会送过来的。"

心 赘

我第一次走进这么豪华的大酒店。

穿过富丽堂皇的大厅，坐进温馨幽静的雅间，轻柔的音乐开始撩动人的思绪。

雅间里坐着三个人，我，我的朋友 A，朋友 A 的朋友 B。

我看着他们：客人呢？

A 笑笑。

B 说：就我们三个人。今天是专门谢您的。

谢我？他的话让我有些疑惑。

B 郑重地对我说：感谢您给我出的那个点子，那次策划，是对我的事业和我人生的一次重要启示。

我想不起他究竟指的是什么。

B 说：还记得那天我们找您到 W 局推销那套书吗？从局里出来时您对我说的那番话……

在他的提醒下我想起来了。那次我和 A 到我熟悉的 W 局陪 B 推销书。找副局长，找经营部主任，找部门专业管理人员，总算是销出几十套。

出了 W 局，我对 B 说：这么高的提成你要是直接找局长，暗箱操作，让局长单独抽一部分，他的热情肯定高。算算看，如果推销一千套，按你说的百分之四十提成，局长每套得十块钱好处费，是多少？一万块啊。两千套呢？你还用愁书卖不出去吗？……

我疑惑地看看 B，可我只是随便说说啊。

A 插上一句：说者无心，听者有意。

B 说：可给了我无限商机。

我专注地看着 B。

B 说：从 W 局出来后，我依次到另外的几个县市找业务相关的单位，直接找局长，按您说的那种方法试，效果出奇得好。这两年我相继推销出去了几万套，现在我买了房子又买了车。

B 把一杯酒递到我面前：您说该不该谢您？

我把酒接在手里，对 B 说：你真是聪明人。

B 说：不，是您点拨了我。

吃饭、洗浴、按摩整整用了几个小时，我在酒店里开足了眼界，过足了洋荤。傍晚，B 开车送我回家。

下车时，B 把一个大大的信封塞到我的手里，听君一席话，胜读十年书，这是我对您的感谢。

我执意不收。

B 打开车门，从车上搬下来一套音响，一套他推销的那种书。这些你总得收下吧。一面说着，一面吭吭哧哧地给我搬到了楼上。

一年后我又见到了 B，他显得有点沮丧，头上甚至有了白发。他让我坐进车里，车开得很慢，他脸沉沉的，仿佛有话要说。我问：有事？

他点点头：栽了。

你栽了？

不，是局长栽了。

他把车停下来说：有两个局长犯事儿被抓了起来，我去旁听了一个局长的公开审理。那个局长说他在起初当局长时，有一个书贩找他推销书给了他很高的提成，从那次开始他尝到了甜头，后来慢慢地滑进了深渊，不能自拔。

B 叹口气：是我害了这个局长……

我心中开始发沉：不，不……是他自己……我好像是在为自己申辩。

B 阻止了我，阴沉着脸好长时间没有说话，眼里好像还含着泪水。

以后的日子里，我又看见过 B 开车从我身边滑过，我没有问他现在干什么，但他脸上的沮丧没有冲淡。从此，我的心也是沉沉的。

我想着沮丧的 B，我知道我现在的心情和 B 的心情一样了。

试心崖

　　局长手一挥，载着局长的小车和载着局里骨干人员的中巴出发了。今天的目标是九岭山，九岭山是 D 市著名的旅游景点，近两年被媒体炒得火热，可局里很少有人去过，他们早就想一睹山容了。

　　车在晨曦中行驶。到九岭山需要三个小时的行程，难得轻松的中层们打开了话闸，叽叽喳喳的，有时吵嚷得谁也听不清谁说了啥。男的女的之间调侃地谈些不咸不淡的荤话。走在前边的局长把手机打到办公室主任老皮的手机上，问老皮："咋样，车上的气氛活跃不活跃？"老皮说："过来吧，局长，过来热闹热闹，你平常听不到的话，今天在这儿能听到。"局长说："不过去了吧，过去了怕影响大家的话头，老皮，你把手机开着，让我听听都讲些啥。"

　　老皮就把手机开着，笑着看大伙津津乐道地聊，一副盗听了敌台、志满意得的神态。局长倚着座背，津津有味地听，难得有这样的清闲，虽然内容听不完整，但也是一种享受。老皮笑的时候，局长也跟着笑。说着说着，有人说到了局长，说局长肯定是来过九岭山的，说不定还带过女同学或者情人来。老皮急忙把手机关了。局长又打过来，问老皮："怎么把手机关了，正听得有味呢。"老皮说："别听了，我的手机快没电了，闭上眼养养神吧，一会儿登山是很累的体力活。"

　　九岭山果然很美，满山翠绿翠绿的。大家簇拥着局长去看瀑布，瀑布是九岭山最好的景点，正值秋天，刚过了雨量充沛的暑期，一挂瀑布几丈宽哗哗啦啦往下淌，像是风中飘浮的巨幅白纱。大家纷纷赞叹着它的壮观，欢喜地和局长在瀑布前合影拍照。

局长手一挥："走走走。"

大家和局长撇下瀑布，往山上登，去野果区看了大片的水灵灵的野生葡萄，看了红得醉人的山樱桃。每人花了十块钱，都拎着一袋的野果儿。

局长又喊："走走走。"

越过几个景点，快到山的最高峰时，见峰区一处竖了一块大石，上写：试心崖。大家不知试心崖是什么意思，只见整个大山显得莽莽苍苍，身前身后，是一片片丛生的荆棘。往身下一看，呀，原来不觉间已经上了这么高啊。山是极陡峭的，崖下是看不见谷底的万丈深渊。空气也显得稀薄起来，身上有了凉意，云彩一缕缕从身边来去匆匆，大家陶醉在山的景致里。有人忽然喊起来："局长呢?"老皮四下瞅局长，果然没有局长的影子。老皮问："局长是不是和我们一起上山了?"大家说："上来了呀。"老皮打局长的手机，手机里是忙音，便冲着山上喊："局长，局长。"再静下来听听是不是有回音。大家又一齐喊起来："局长，局长。"弄得满山都是喊局长的声音。老皮吩咐："大家分头找，一定要找到局长。"嘴上这样说，老皮心里直"嗵嗵"，局长怎么会忽然不见踪影了呢? 局长身体胖，局长行动没那么便捷，局长，你可千万不能出事。老皮想着，头上已经浸出了汗。宣教科的吴明跑到老皮的跟前："老皮，皮主任，你想想法，我们一定要尽快找到局长。"老皮说："快找啊。"财务科的科长江玲玲是局里的老姑娘，染成的黄发在山风中飘，她已经流出了眼泪，"局长，你别吓唬我们呀，你藏在哪儿，快出来吧。"吴明转了一圈没见着局长的影子，两眼有些空茫地望着深不见底的山谷，对老皮说："老皮，找条绳子，你们拽着我，我到山谷里看看。"

老皮说："别想那么坏，也没绳子呀。"

吴明说："不行，如果再等五分钟见不到局长，我跳也要跳下去。"企管科的大个子杨林不紧不慢地说："不会有事的，我们往山下走走看。"

吴明拉着江玲玲，一边跑一边喊着。大家也都喊着，找着。一时间，有的在试心崖的上边，有的已经匆匆地往下跑了好几处景点了。整个大山，骤然响起了一片喊声。

正在大伙着急的时候，老皮的手机响了。一看手机，老皮高兴地喊起来：

105

"有了，有了，局长打手机来了。"

大家回头看过去，局长已经笑眯眯地站在他们的身后。江玲玲气喘吁吁地跑过去，泪刷地流了出来："局长，我们以为把你丢了呢。"吴明一松手，喘着气卧躺在一块山石上。

一个月后，局里进行人事变动：吴明从宣教科调到人事科，江玲玲雷打不动还是财务科长，老皮的办公室主任也没动，但杨林等几个科长被刷了下来。几个科长想不通，干得好好的，怎么说换人就换人呢？但人事变动就这么残酷。有人想找茬，找来找去的摸不住具体把柄，只好善罢甘休。

一个月末的晚上，吴明、老皮、江玲玲坐在一家酒馆里。吴明伏在桌子上说："有一个秘密你们想知道吗？"

老皮和江玲玲停下酒。

"那个崖上有个伪装很好的洞，别人不注意是看不出来的，仅容一人，但在洞里可以看到和听到外边的一切……崖顶不是有个卦摊么，洞口就在卦摊的后边……"

是啊，那崖不是叫试心崖么。

育 种

　　大红当了支书后，下决心在村里发展玉米育种，种子总比普通的粮食贵。现在干啥都时兴讲究品种，前几天的省报还登载说，一个农民养了一头优良种羊，配一头羊一百五十元，配了一年赚了八万多。柳河村有好地势，好土壤，发展育种田的条件得天独厚，村东村西两河夹击，浇灌条件好，而且有育种需要的天然隔离带。

　　大红考察过，一斤育种粮的价格比普通的食用玉米高两倍，群众合算得很。只要村民按照技术要求操作、管理，保证每亩平均收入能翻番，种不了几茬村里的群众都能富起来。

　　大红通过关系和鹤河种子公司联系上了。鹤河种子公司的技术人员来村里考察，看看农田的布局，看看田间的硬化渠，还比较满意，答应先在柳河村搞五百亩的玉米育种，包技术、包回收。

　　大红通红的脸在阳光中笑盈盈的，紧紧地握住种子公司负责人的手，憨诚地连声说着谢谢。中午在他家吃饭，弄了几个菜，有五香驴肉、炒蹄筋、香椿鸡蛋、粉皮炖牛肉。还掂出放了几年的一瓶剑南春，可着劲儿劝客人酒，自己的脸也喝得红扑扑的。种子公司的人问他什么，他把胸脯拍得咚咚响。

　　"村里的地肥吧？"

　　他拍拍胸脯："肥！"

　　"村民的素质咋样，好管理不？"

　　"好！"

看他一副憨诚豪爽劲儿，合同签得很顺当。合同签好该拉种子了，已近小满，小满前后是点种的黄金时节。

育种的种子分公本、母本，每斤六块钱，一亩地点六斤，六六三十六元。

大红和会计挨家挨户地去收钱，大红没有想到钱会收得这么难。有村民说：啥种？金子呀？一斤好几块，赚了好说，赔了咋办？

大红磨薄了嘴皮子跟村民讲，还拍胸脯、瞪眼睛地打包票，三趟五趟地往农户家跑，可收了几天也没收上几家的钱。大红的倔性格上来了，妈的，说出去的话，射出去的箭，既然合同都签了，这育种田非种不可。大红回家做老婆的工作，逼着老婆把准备翻盖房的钱掏了出来，又逼着村会计去找钱。折腾几天，种子总算拉了回来。大红是个硬汉子，当选支书时的承诺就是要搞活村里的经济，让全村群众富起来。经济是什么？经济就是钱！大红一条心横上了。

种子拉回来，大红扯着嗓子整天在喇叭里吆喝，村民们吵吵嚷嚷地用了三天才全部把种子领回去。

玉米长出芽儿，迎风一颤一颤地长，看玉米棵拔了几次节，甩出了红缨，大红才长长地舒了一口气。玉米授粉时种子公司派来两个技术员，一男一女。他们逐块地到育种田里看，指导农民抽雄穗。那个戴眼镜的男青年干事很利落，育种田里有杂棵，"咔嚓"折断了，扔到地边儿，进一家扔一家，农民看着心疼。看到光林地里时，光林拦着不让折杂棵。技术员说，不除杂棵不行，质量没保证。说着"嚓"又折了一棵杂棵。光林冲过去揪住技术员的衣裳，"刺啦"一声，技术员的衬衣被扯破了，眼镜也掉在了地上。女技术员吓得惊叫一声，哭起来。大红急了，一把揪住光林的脖子，光林眼珠子像个琉璃蛋儿瞪着大红。光林说：啥配种，不就是玉米棵子矮了一截，玉米雄穗得抽掉么，我看你弄不成咋办。光林家的人口多，霎时围上来一堆人，咋呼着：我们不管了，到时候跟你大红要收成。

晚上，技术员住的房子玻璃又被人砸碎了，女技术员的胳膊上被碎玻璃块扎出了血，白白净净的胳膊起了一个包。

两个技术员要走，好说歹说，才把男技术员留了下来，大红满脸内疚地把女同志送上了返城的车。

大红又请技术员喝酒，闷着头一杯一杯和技术员对着喝。技术员说：这活儿不好做哩！大红怔怔地瞅着技术员，一滴清泪爬上面颊。大红又端起一杯酒敬到技术员面前，老弟，我们说啥也得弄成，你千万不能再打退堂鼓。

天不作美，一场大雨仿佛蓄谋已久似的又落下来，这是大红最怕的事情：柳河村在两河中间，属于泄洪区。如果天一连阴，庄稼可能颗粒不收，这在柳河村的历史上每隔十年八年就会有一次。大红站在房檐下看着瓢泼的大雨，一颗心悬到了嗓子眼儿，甚至在心里祷告着：老天你可千万要留点儿情啊。

两天后，雨终于停了。

大红第一个跑到地里，一场大雨把暑气冲得凉爽起来，田野间的蜻蜓多起来，一上一下地在半空飞，地势低的田间都洼上水。

村民们吵吵嚷嚷地叫着喊着，他们说种子田的棵又矮又细，禁不住水泡，大红让人放水，很多人又都懒得动。

大红在村堤上走过来走过去，把下过雨的堤堰趟出好多脚印。技术员跟在他身后说：别蹭来蹭去的，关键是想出办法。

大红放开喇叭喊，站在街口吆喝，村民还是懒懒散散的。大红说：你们不信任我，我上任时你们咋不拉我的腿，咋现在这样让我为难呀。

有人试探着对他说：支书，干脆，你把几百亩种子田包了吧，我们给你打工，我们还管我们余下的地。

这天晚上，大红在堤边坐了一夜。

第二天，大红庄重地坐在村委办公室，以个人的名义和农户签订种子田承包合同，每亩种子田按大田平均收入给种田户。

成了雇工的村民听话多了，他们给大红干一天，大红给他们一天的工钱。水排出去了，天慢慢地放晴了，庄稼恢复了生机。人们害怕的水灾擦肩而过，农历七月的天气一直很好，风调雨顺，隔十天半月一场雨，滋润着满眼的庄稼。

收获的季节到了，几百亩育种田的玉米拉到村委会门前的广场上，黄灿灿的闪着金光。种子公司又来了几个人，脱粒机、精选机嗡嗡隆隆地响了几天。上百万斤玉米种被过秤打包，拉种子的大车一辆又一辆地开进柳河村，从来没见过这种场面的村里人怔怔地站在广场边看热闹。当最后一车玉米种装上大车，种子公司的人当着众人把新崭崭的票子递给大红，大红拿着钱，眼里噙着泪水。

大红登上装满种子的大车，乡亲们，告诉你们，我大红发了，每亩比一般粮食田多收二百多块钱，五百亩，我赚了十万元……

场上一片喧哗，而后是出奇地静，全村的人都看着站在车上的大红。大红又扯开了嗓子：但是，我要告诉大家，钱，我大红不能独占，还是大家的。说着，大红把村民与他签订的所谓承包合同撕成了碎片，纸片悠悠地在半空飞……

满场爆发出一阵又一阵掌声。

心 病

　　新县长到任后先到基层熟悉情况。这天县长来到临河乡，高乡长让秘书把班子成员唤齐了，齐刷刷众星捧月般围坐在县长的周围。陪同县长下来的是政府办的秘书小沈，恭敬地坐在县长的身边，面前放着一个黑色硬皮的笔记本。高乡长向县长介绍完班子成员，拿出已经准备好的材料汇报工作。听完汇报，县长对临河乡发展高效农业和年产值近亿元的纸品加工企业很感兴趣，提出去实地看看。他们先看了一万亩高效农业开发区。方正的农田、蜿蜒的硬化渠、整齐的田间道路、笔直的白杨树，使县长露出了赞许的目光。而后他们又去看了临河乡的"盆景"——纸品深加工小区。听着高乡长的汇报，看着高大整齐的厂房，县长不住地点头，夸这样的民营企业有发展前景，应该重点保护、重点扶持。参观完毕，高乡长在心里盘算着中午怎样让新县长吃得满意。为迎接县长的到来，他已经叫人从邻县弄来一种特色的小河鲫鱼，让伙上炸了一种当地叫做甜透心的丸子。可车过乡政府，县长没有下来，从窗口伸手打个招呼就直接回去了。

　　看着疾驰而去的奥迪，高乡长有些愣怔。这让他有点纳闷，刚才听汇报看景点，县长看上去挺满意的，怎么连顿饭都不在乡里吃？在其他乡听汇报不是也在乡里吃顿饭吗？难道有什么不周的地方惹县长不高兴了？乡长想来想去也没想出个所以然来。他最后想到了小沈，小沈是县政府的老秘书了，又是紧跟着县长来的，说不定他知道其中的蹊跷。强忍到傍晚，他给小沈挂了个电话。小沈支吾了一阵，最后说：高乡长，那你过来吧，我们找个地方谈谈，你看，你也是我的父母官哩。高乡长这才想起，小沈的家就在本乡的河柳村。

高乡长做东，把小沈约到富华宾馆的一个雅间里。喝了几杯酒，高乡长有些坐不住，沈秘书，县长对乡里的印象到底咋样啊？小沈停下酒，两眼看着高乡长，不错，不错，对乡里的印象不错，回来的路上还一直夸呢。高乡长听了这话，一颗悬着的心开始往肚里掉。可小沈的一句"可是"，让他正往下掉的心又搁在了半道上。他两眼圆圆地瞪着小沈，小沈呷了一口酒，县长，县长其实只说了一句：乡里怎么连一条像样的路都没有啊，这临河乡将来能发展吗？

从此，路的问题成了高乡长的一块心病，不忙的时候，总让司机开着车去乡里的几条路上转。有时静静地站在路上，望着掩映在田野中间的路陷入沉思。去县里开会时，不敢碰县长的目光，老是觉得县长的目光里有一种对自己的责怨。

高乡长横下一条心，再难也要修出一条好路来。再有一年又该乡镇换届了，如果为了一条路毁了自己在领导心中的形象，甭说挪窝提拔，恐怕保头上的乌纱帽也没有把握。

过了年，修路的事成了乡里工作的重头戏。过去也曾经考虑过修路的事，却因为资金的问题打了退堂鼓。这次高乡长把整个身心都扑进去了。他一次次外出找有关部门争取项目资金，把临河乡在外工作的有头有脑的人物请回乡里，让他们为家乡建设都做了一点贡献。高乡长带头捐出五千块钱，那些个体企业的老板们早就憋着一股劲盼修一条好路了，见高乡长带了头也纷纷解囊。终于，麦梢快黄的时候，一条通往高效农业区和一条通往工业小区的道路修成了。在小沈的撺掇下，县长高兴地参加了竣工典礼，手握剪刀为道路通车剪了彩，中午终于在临河乡吃了顿饭。高乡长显得很兴奋，吐出了憋在心中好久的那口气。

一年后，高乡长调往基础最好的城郊乡任书记。上任不久后的一个傍晚，他接到沈秘书打来的电话。高书记说：沈秘书，我正打算和你联系，向你表示感谢呢。小沈说：好啊，那我们聚聚吧，我在富华宾馆等你。

温馨的灯光照在他们的身上，小沈微笑着看着高书记。高书记说：谢谢你当时的点拨。小沈摇摇头，说：高书记，今天我请客，我代表临河乡三万多口人请你的客。你知道吗？连续几届了，老百姓都提议修路，年年提留款中都有整修道路的项目，可一届届路都没有修成。沈秘书端着一杯酒，敬到高书记面前，眸子中汪着一层泪水……

老陈乡长

老陈让司机停下车，掂下一嘟噜的东西往岩上村走。每年入冬前，来岩上村看一次花生婶已经是他多年的习惯。

几年前的一个冬日，老陈和乡里的几个年轻人来岩上村搞调研，快进花生婶家时，老陈听见一阵难受的咳嗽声。老陈扭头回了车上，车上有他准备带给父亲的咳嗽药。他恭敬地把药递给花生婶，告诉花生婶怎样吃。花生婶愣怔地看着腰宽脸阔的老陈，你……你是乡长吧？同来的年轻同事介绍说，这是老陈，哦，老陈……老陈乡长。几年了，老陈就这样被花生婶、被岩上村喊作老陈乡长。

老陈把东西放下，嗫嚅着想说什么，但话在喉眼里哽着。花生婶把一碗冒热气的水递到脸前时，老陈终于说，花生婶，我……我以后怕不能老这样看你了，我……我就要……花生婶打断他的话。老陈隔着眼前的热气看见一张满是皱纹的脸，花生婶说，老陈乡长，难为你了，你不用年年来看我，我知道照顾自己……

老陈踩上出村的路，脚在石板上闷闷地响。走了几步，老陈再回头和花生婶挥挥手。老陈有些不想走，迟迟疑疑地想再多看看岩上村。山腰上有几只羊，远远望去像是悬在半空的几只鸟。

老陈对司机说，去文庙村。

司机知道这是老规矩，每年从岩上村回来，老陈都去文庙村瞧瓦兰嫂。几年前一个秋日的午后，老陈捏着烟，站在乡机关后院的冬青旁，这时候的机关静得出奇。瓦兰嫂看见老陈时，瞅着老陈说话有些结巴。你……你是乡长吧？老陈哑然一笑。老陈说，我……我姓陈，我是老陈。陈乡长，老陈乡长，你得给俺做主啊。瓦兰嫂说，我一个寡妇家，那弟兄俩要开小卖部，硬在俺家的门前盖房子。长得好好的树，劈劈啪啪地给俺撂翻了，陈乡长，你去调查调查……瓦兰嫂的泪啪嗒啪嗒地往地下掉。老陈的脸热起来，老陈说，你回吧！寡妇走后老陈就给村里打电话，老陈在电话里听出村主任有难处，知道那弟兄在村里有点横。老陈就带人去了文庙村，果然见那小房子横在寡妇门前的路上。老陈脾气一上来，带人就把房子拆了。

瓦兰嫂听见车响就站在门口了。老陈走进院子听见了猪呀鸡呀叫得挺欢实，老陈在心里叫声好。老陈说，瓦兰嫂，孩子在外上学有困难没？瓦兰嫂说，老陈乡长，我这地，这养的猪鸡勉强能供上儿子用。老陈把 100 块钱往瓦兰嫂手里递，多给孩子寄点钱。瓦兰嫂不要，瓦兰嫂使劲推着老陈的手。老陈觉得喉里有话往外涌，老陈觉得该告诉瓦兰嫂，嫂子，我要退了……

瓦兰嫂的脚忽地沉了起来，眼睛定定地望着老陈，老陈乡长，我挺好，你……你不用惦记。

老陈说，嫂子，我不是……你不要这样喊我……

老陈的眼里开始湿，老陈眼湿湿地往后退，老陈就要上车时，瓦兰嫂把方方正正的一件东西往车上塞。

车颤颤地上路，老陈颤着手地摸，是件绒绒的毛衣。

司机拉他又往新柳村。司机知道老陈乡长还要去新柳村看李新。李新前年在村委换届时因为三票之差落榜，再多三票李新就是新柳村的村主任。老陈在新柳村主持选举，老陈知道李新在村里有威信，李新输在单门独户没有家族的支持上。李新落选后老陈几次去看李新，老陈说，李新，你干事儿吧，你行。李新在老陈的支持下办起了养殖场，老陈和李新成了忘年交。

从新柳村回来，老陈让司机在一片杨林前停下车。老陈扔了烟头，往杨林深处走。老陈的眼里裹着泪，要退了，老陈真的不再是老陈乡长了，要和这片杨林分手了。这杨林是老陈当年带人栽下的，转眼就这样蓊郁，长成壮壮的一片林了。老陈走着，摸着和他打招呼的一棵棵杨树，踩着呼啦呼啦作响的杨树叶。老陈后来含泪转过身，瞅着默默跟在自己身后的司机，小兄弟，谢谢这几年你帮我的忙，让我完成每年来看一看他们的愿望。他走几步按住司机的膀子，我就要走了，我会想着你。老陈的泪落下来。

　　司机说，老陈，不，老陈乡长，其实他们都知道你不是乡长，你不用解释，他们愿意这样叫你，就让他们这样叫吧，他们是在心里认了你啊。

　　老陈乡长——司机大声地喊一声。

　　老陈乡长——小树都跟着喊起来。

老木站在桥头上

一连几日，老木端坐在桥边。桥头有片草，绿茵茵的，老木就木木地坐在那片草地上。老木有想法，老木一直想围绕这座桥做些什么。

老木想看看每天有多少人从桥上过。

老木想看看每天有多少车从桥上过。

老木想看看过桥的人有多少注意桥的问题。

老木看见河水急急缓缓地流，树叶落下去就慢慢地漂远了。

偶尔还有桑塔纳什么的小轿车从桥上过。

老木在桥头坐了几天。

可老木很迷惘，他没听到多少人对桥的叹息，人们好像麻木了，就那样熟视无睹地从坎坷不平的桥面一颤一颤地过，从没有栏杆的桥上走过。老木想起不久前从桥上栽下去的那辆三轮车，他的心一阵悸动，听着车辆在桥上颤抖着走，老木的心也在打颤。

这桥真是该修了，该修了。老木的心每天提得紧紧的。

老木是临河村的村长。

桥就在他们的村头，桥的那头有千把亩地，每年的农忙那桥就显得更狭窄了，就有人唧唧喳喳地向他提起修桥的问题。可修桥不是小工程，老木几次给乡里提过，乡长说修桥是县里的事，是水利部门的事，报告已经打过了，等着上边的答复。可拖了一年又一年没有回音，桥毁坏的程度越来越严重，老木有些坐不住了。老木想，我是村长，不给村里办成点事我这一任村长算是白当了，桥在俺村头，事关村里的形象呢，我这村长也不光彩，当得窝囊呀。

老木决定收过桥费。

老木写了个牌子竖在桥的两头，老木让在村委跑腿的二根和他上桥收。沧河桥是这一带的主要通道，每天也能收上一些钱，可第三天就被人举报了，收费被迫停止，老木还差一点受处分。

老木不服气，不相信这修桥的事没人管，老木开始一趟趟往乡里跑，乡里说这事得等上级决定。老木又一天天地往县里跑，县里接待的人说这事主动权在水利局，老木就又跑水利局，可跑来跑去老木听到的都是些冠冕堂皇的话，老木就骂，办点事真难。

老木不跑了，老木又开始坐桥头。

老木迷惘地看桥睁着瞳孔淌着浑浊的泪。

机会终于来了。老木得到消息，县领导巡回检查全县优质小麦种植情况，桥是必经之路。

老木带二根早早地就上了桥。临近中午远远地看见一溜烟尘，老木就凛凛地站在了桥头。老木想，我他妈的一任村长不办点实事死也是窝囊死了。老木让二根站在桥边，他泰然地挡在了一溜小车的前头。

县长是上任不久的新县长，走下车看究竟怎么回事。乡长赶忙跑过来拽老木，可老木执拗，老木是个倔种，老木豁出去了。老木"咂"的一声跪在桥面上，粗糙的手指指桥面，指指桥栏，大声诉说道：我代表临河村父老乡亲，代表临近村庄的父老乡亲求县长了，求你们了……

老木说着泪扑簌扑簌地往下掉。

……

这年秋后，一个工程队驻到了桥头。老木已不再坐在桥头，而是为工程跑前跑后。

黑板报

柳老师退休后想为村里写黑板报，也算是发挥余热，老有所为吧。让群众多一个了解知识的园地，自己晚年的生活也不至于空虚。

可是村里连一块完整的黑板也没有，十字路口有一块已磨损得斑斑驳驳、缺角豁口的不成形了。柳老师就去找了村长。柳老师说："村长，我退休在家没事，想每月为村里出几期黑板报。"

村长说："好啊！"

柳老师说："得泥几块黑板呢，你看……"

村长很支持，指派人员按柳老师选择的地址泥了三块黑板。两个十字路口各一块，另一块在村西头，离村长家较近。

柳老师很高兴，板报出得很正常，每隔几天更换一次内容，国家政策、科技知识、谜语、笑话等，内容丰富多彩，老中青读者兼顾。柳老师出的板报马上赢得了大家的赞赏，人们说看板报就像在翻阅一本杂志。柳老师出板报的事，还被一个业余通讯员写了篇消息发在县报上。

村长没事的时候也夹着一支烟在板报前站站，悠悠地吐口烟雾，微眯的眼透着笑意。

村长是个大忙人，村里的工作很多。临河村是先进村，不但对农业进行了高产开发，修成了四通八达的硬化渠、田间路，乡镇企业在全县更有名气。所以临河村受到方方面面的关注，不断地上报纸，上电视，更多的时间，村长都用在应付来往的客人上了。每天得陪吃陪喝，弄得村长焦头烂额，浪费了精力，也浪费了财务，村长暗暗地叫苦，有点烦。

有天村长看过板报内容后，对柳老师说："还应该加项内容。"柳老师问村长加什么内容。村长说："本村动态，就是写写村里新近发生的事，诸如上级领导对我村企业和高效农田的参观检查呀等等。"柳老师说："这好办，不过村长要多提供信息。"

村长点点头。

这年秋季的一天，县里某局一行人到临河村参观企业发展。参观完毕，村长对前来参观的几十号人说："我村有个退休的柳老师黑板报写得不错，大家是否有兴趣过去看看?"有人附和："哦，这事还上过县报呢!"

村长带他们走上大街。板报的确不错，图文并茂。他们被板报上一则本村动态吸引了，动态栏内写着："昨天×局领导带领全局中层干部到我村企业进行了参观，对我村企业发展和管理模式很感兴趣。中午我村盛情接待，共花费招待费1200多元……"参观者指指点点，慢慢地变成了哑巴。带队的一个副局长对村长说："你看，怎么能……"

村长有些急："这老柳，这柳老师怎么能这样写呢……"

扫兴，本来准备在村里吃过午饭后再走的参观者匆匆地走了，弄得村长很尴尬。

可是，故事还没有结束。这天村长陪同县里又一家单位的领导参观完企业，把这批参观者又领到板报前，本村动态栏内的消息让参观者大为诧异："×日上午××单位与××单位一行二十多人参观了我村高效农田和村办企业，宾主进行了亲切友好的交谈，参观者对我村工农并举协调发展表示赞赏。中午，村委对他们进行了热情的招待，花费招待费用累计1400多元……"陪同参观的有乡里的一位副书记，副书记抹把汗，"村长，这黑板报怎么也不把把关呢?"村长这次真的急了，"老柳呢? 柳老师呢? 把他给我找来!"

柳老师气喘吁吁地跑来了，柳老师说："村长，让增加什么新内容么?"

村长横眉倒竖，"柳老师，老柳，你怎么能这样写呢? 你写这样的消息是什么意思，不是让领导难堪，让我难堪么? 你、你、你呀……"

不想柳老师也急了。柳老师擦一把额头上的汗，"村长，我怎么不能写? 我写的不是事实么? 我是乱写么? 告诉你村长，群众早就对这样吃喝有意见了……"

参观者不欢而散，村长气呼呼地回了家。

黑板报还是一期不隔地往下写。

这天，柳老师又在写板报，村长踱步过来。柳老师停下笔，对村长笑笑，"村长，又有什么交待吗？"

村长笑笑："没有，没有。"

村长返身欲走，又转回来，"哦，对，你在本村动态上这样写：村里准备拿出三万元钱建一个文化娱乐活动场所。"

柳老师激动地问："真的吗？"

村长点点头，村长说："这钱，其实是我们省下的……"

养 牛

哞……

每天清晨，听见牛叫随叔就睡不着了。随叔踏踏地走过去，看牛是想吃草了，还是想喝水了。

随叔是 40 岁的人了，40 岁的随叔已经养了十年的牛。随叔曾经娶过一个被称为侏儒的女人，可那女人和他过了两年就得病死了，连个后也没给他留下。随叔打消了再娶的念头，一门心思地投到养牛上。每天把牛赶到东河滩，口噙一片树叶悠悠地吹口哨。

随叔的哨音和着牛的叫声在河滩响。该回家时，随叔噙着食指很响地吹口哨，牛抬起头看一眼河滩，很顺从地往家走。

随叔不想再娶了，随叔决心依靠放牛为弟弟娶一房好媳妇。爹娘都不在了，他应该担起这个重任。

弟媳娶进门，果然是个好弟媳，高高的苗条的身材，脸上时常挂着笑意，头发乌黑乌黑，和弟弟相处得很亲密。弟媳对他好，每天哥哥、哥哥地叫着他：哥，吃饭了。哥，你歇一晌，我放牛去吧。他心里高兴，更加勤快地放牛，他觉得不好好养牛对不起弟弟、弟媳对他的好。

随叔赶着几头牛每天都往东河滩去，随叔的哨声依然每天在东河滩响，随叔觉得快快乐乐地放牛很幸福。

最近有件事情让弟弟、弟媳一直说不出口：河柳村有个女人死了丈夫，想找个男的去倒插门，他们想成全哥哥，可不敢对哥哥直说。不能帮哥再娶一个嫂子，而让哥哥倒插门离开这个家，怕哥说他们嫌弃他，怕哥心里难受。

其实那媒人在河滩也见了随叔，但那女的要男家带几千块钱，随叔觉得理不顺：活活便便的一个大男人给你，还要带钱。他没表态，再说他不想离开这些牛，不想离开生活了几十年的村子，不想离开这好的弟弟、弟媳一家。

事儿还是戳透了。那天大清早，媒人又跑到了他们家。媒人说：老随，人家就看上了你，说你养牛养得好，人品好，要你带几千块钱是怕一下子拴不住你的心。又对弟弟、弟媳说：这是好事，你们咋就不为哥哥做主呢？弟弟、弟媳看看哥哥，弟媳捅捅男人，弟弟终于说：哥，其实那女的我打听了，是个强人，模样也不孬，还比你年轻，怨弟弟无能，不能把人家娶过来。

媒人说：不是这事儿，人家那儿有新宅，有果园不舍得丢，还拖儿带女的，上边还有个老人要养，你哥过去就当现成的爹。

随叔好长时间没搭腔，最后说：要去就单一个人，别的条件不说。

媒人说：那我试试说说吧。

过了两天，吃晚饭时，弟弟跟哥商量：卖两头牛吧。

随叔问：卖牛干啥，给那女的？

弟说：不是，是你弟媳娘家有急事用钱。弟媳也对随叔说：是，哥。

卖就卖吧。随叔说。

第二天是河柳村集，弟弟和弟媳早早地赶了牛往集上去。随叔依旧赶着另外几头牛去东河滩，只是这天他没吹哨，他总是想起那两头牛往集上赶时哞哞的叫声，凄凄的，和他恋恋不舍似的，随叔的心就很乱。几天后，媒人又来了，对随叔说：你占便宜了，人家说其他条件都不说了，就要你这个人。

真的要走了，随叔忽然对这个家产生了巨大的留恋。他摩挲着剩下的几头牛，看看这个家，一连几夜都翻来覆去地睡不着。弟弟、弟媳也睡不着，他们真的不愿让哥哥离开这个家，弟弟坐在床上捶着自己的脑袋：要是能给哥哥娶个女人该多好。

择了吉日，随叔终于走了。

随叔那天走进河柳村，媒人陪他推开女人的院门时，随叔忽然看见了前两天被弟弟、弟媳卖走的那两头牛。牛看见了随叔也立时哞哞地欢叫起来。

随叔狐疑地看着那女人，女人说：那天集上你弟弟、弟媳牵过来的，他们说你爱牛离不开牛……

随叔低着头久久地抚摸着牛。

山韭菜

福兵家就住在山脚下。

每年暑假福兵都上山去割山韭菜。福兵喜欢割山韭菜的生活，喜欢那在山岩缝隙顽强生长的小秧苗，喜欢站在山顶俯瞰山下的情景。凛凛地站在山崖上，看远处变得朦胧的村子，看山下匆匆行走变得渺小的人，福兵常常油然而生一股豪气，福兵感觉割山韭菜的生活好惬意，好气派。

这一年暑假福兵又上山去割山韭菜，只是身后多了一个秀气的女孩子。福兵默默地在前边走，每攀上一个崖再转过身来伸手拽一把身后的女孩子。女孩叫盈，是从县城里来的，女孩的姨妈家和福兵家是邻居。

女孩对山里的一切都感到新奇。"山里的风好爽啊。"盈笑盈盈地说，像一朵含苞开放的小玫瑰。

福兵就笑，像城里人笑山里人憨一样。

看见一棵蓬蓬松松结着珍珠一样红红果实的山稞子，盈好奇地问："这是什么呀？"

福兵说："山樱桃嘛。"就拨开荆棘为她摘了两捧山樱桃。

福兵割山韭菜割得累了，又站在山顶向山下看，福兵说："哎，你往下看，那远远走动的人变成蚂蚁了。"

女孩惋惜："可惜看不到我们的城市。"

福兵就让女孩讲城里的故事。福兵听完了，问女孩："城里好还是山里好？"

盈嗫嚅了半天，那时候他们还都是小学生，尚不具备良好的表达才能。盈只是说："各有各的好处吧。"

盈回城时带走两把捆得整整齐齐的山韭菜。

这以后每年的暑假，盈都进山住几天。在姨妈千叮咛万嘱咐中又和福兵一起上山去割山韭菜，去享受山顶那清凉的风。

后来两人由初中升高中，福兵读高中时也进了城里的重点中学。课程渐渐地紧了，盈暑假来山村的次数也少了，来了也总是匆匆地回去，两人再无暇相偕上山去割山韭菜。但福兵自己还是坚持每年暑假割几次山韭菜，福兵喜欢吃山韭菜馅的饺子，吃腌渍的山韭菜，吃山韭菜团成的玉米面饼子。每年开学福兵还坚持带几把山韭菜进城，还受盈的姨妈的委托给盈家捎去一些山韭菜。每次接过山韭菜，盈总笑盈盈地放在鼻子前闻闻，一双动人的眼睛看着福兵，惋惜地说："好香啊，可惜一直没跟你上山割韭菜了。"福兵坦诚地说："找机会我们再去登山割一次山韭菜吧。"

两人再相偕上山割山韭菜已是参加过高考的那年七月。时光如梭，福兵的嘴角已拱出茸毛，盈说话的声音显得越发甜润。割过韭菜，他们面对山风，相视着在山头坐了好久。

那也是福兵最后一次去割山韭菜。那年九月福兵踌躇满志地进了一所大学，盈落榜后进企业当了工人。几年之后，福兵毕业分配到市委某机关工作，在结束一天紧张的工作之余，福兵也时常回忆起割山韭菜的情景，想起曾和他一起上山割山韭菜的盈，更多的是又一次次产生站在山顶望远时曾有过的那种豪情。福兵工作超人的勤奋，一个要强的山中男孩各方面都不甘示弱，处处表现得非常优秀，阶梯便一阶阶地高。几经周旋之后，这年夏天福兵回到他的故乡做了一名副县长。

福兵衣锦还乡。途中，福兵透过车窗仿佛看见了那顽强生长在山崖缝隙中的山韭菜，那是一种多么坚韧的生命啊：不怕贫瘠，忍受着山风的肆虐，保持自己独具的清香。但作为一名副县长，福兵马上进入了角色，工作风风火火又有条不紊。没过多久便把分管的工作搞得有声有色，在全县颇有口碑。一个周末的晚上，终于有了一次难得的清闲，他走进大街，霓虹闪烁的街道透出城市夜景的魅力。他悠闲地在大街散步，忽地一家写着"山韭菜饺子馆"的饭店吸引了他的目光。他倏地想起那年少的岁月，想起那个清纯的女孩。谁是这家饺子馆的主人呢？是不是她？多少年没有与她联系了，她还好吧。这样想着，他已经走进饺子馆，他选择了一个座位坐下来，要了一碗饺子。饺子端上来了，尝一口，啊！果然一股山韭菜的馨香扑鼻而来。久违了，山韭菜。他狼吞虎咽地吃起来。吃着吃着，他忽然感觉一双纤细的手出现在面前，一碗飘散着缕缕热气的饺子汤放在桌边。他抬起头，一个端庄大方的女人站在面前，短发头，朴素中透着聪敏。他看着看着，啊，真的是她……

"是你……"

"好吃吗？"

"好……好吃，你真的是饭馆的老板？"

"是的，下岗了，我想起那时候和你割过的山韭菜，我就试着开了这家'山韭菜饺子馆'。"

"生意可以吧？

"可以。"她两眼直直地看着他，"正像野菜成为贵宾席中的高档菜一样，山韭菜受到了人们的欢迎。"

"下岗了，为什么不去找我？"

她摇摇头，"你是县长，要忙的事很多，再说，开了这家饺子馆也算是再就业了。"

"其实我好想我们在一起割山韭菜的时光，好想再去割几次山韭菜……"

该走了。走出好远好远，回过头，"山韭菜饺子馆"几个大字在霓虹灯中依然闪烁，霓虹灯下仿佛还固执地站着一个清纯的身影。他条件反射般地向后挥了挥手，又挥了挥手。

此后，县政府里都知道福兵县长特别爱吃饺子，尤其爱吃山韭菜馅的饺子。

德旺老汉去守秋

晚饭后，一条被子撂在肩上，德旺老汉去守秋。

说是守秋，其实就是去看堆在村外路边的玉米棒。这里的农民在玉米收割后，常将玉米棒晒在地头的大路上，然后用脱粒机打籽。田在村东，有一段的路程，德旺不慌，扑嗒扑嗒地往外走。守秋是个形式，可偷的东西多了，谁还会去偷那不值钱的玉米棒。

终于看见堆在路边的玉米棒了，被子往路边一撂，松垮的身子倚着被，德旺去兜里摸烟。烟是黑轱辘，代销店里卖的最贱的那种。老了，烟瘾却日渐大起来，有时一天一盒还不够吸。以前德旺吸旱烟，吱吱地一袋一袋地吸，火柴一明一灭地；吸完一袋，烟锅子就往脚板上磕。这几年用烟锅吸烟的少了，但吸烟锅的人选中的都是这种黑烟，一是贱，二是品那种冲劲。

秋那边是条河，扭头望一眼，河上空黑黝黝的，像有一层雾气。河边老柳树上的猫头鹰隔一阵儿叫几声，把秋夜一截儿一截儿往深处叫。德旺吸着烟，喷着烟雾，瞅着夜空，眼不大中用了，那星星却还瞧得清。秋夜的天空分外高远啊，像人到中年，显得很成熟，很有城府。老婆多好啊，早早地清闲去了，夜夜可以在野外看满天的星星。想起老婆，德旺忽然感到一阵孤独。

路上传来扑嗒扑嗒的走路声，鞋拖得响，其实脚板无力，德旺听出不像男人走路的声音。

德旺静静地听，听那越来越近的脚步声，深深地吸口烟让那烟使劲地明。

脚步声在他身后停下了。

"谁呀，不在家安生？"

"你咋不在家安生，死老头子。"是一个女的声音。德旺笑了，德旺想起来了，和他家搭界晒着的玉米是那个半死老婆子家的。

"怕我偷你家的玉米呀？"

"贫嘴，你个老旺。"

"听那松松垮垮的脚步声就是个老娘们儿。"德旺调侃。

"你以为你走路还行啊？从我家门前走过时我听了，和几年前差多了。"

德旺叹口气："那我信。"一边说着，一根黑轱辘又燃上了，火星在眼前一闪一闪。德旺唤那女人："过来呀，一块儿坐坐。"

女人说："坐啥呀，快死的人了，坐一起还有啥意思，让人看见了，说闲话。"

说归说，老婆子还是坐过来了，真坐在一起，却调侃不起来了，话也变得深沉。

"老旺，你说，咋让你这么大年纪的人来守秋？"老旺吸口烟，亮光下去眼前一片黑。"是我自己想来。让儿子和儿媳在家吧。儿媳说了，她一个人在家睡不着，其实，儿子也不让我来看的。"

"你儿媳撒娇呢。"

"我知道，人家过得正有意思的时候，年轻人嘛。"德旺看一眼女人，"你呢，还不一样？"

女人说："也真是，在家呆着没意思，就出来走走，你看这秋天的天空多好啊。"

话音刚落，一排大雁掠过头顶，嘎嘎地叫。两人都屏住呼吸看那雁。

看那大雁渐渐地飞远。德旺说："你说，咱过得有意思不？我一个孤老头子，你一个孤老婆子。"

"咋没意思？熬日子呗，熬孙子孙女长大呗。"

"你看那成双成对的大雁多好啊，可要孤了，那叫声也岔了音，听了也惨。"

德旺说完又燃起一支烟，烟的光亮映着他脸上的皱褶。

女人说："让我尝一口试试。"就去接烟，两双粗糙的手碰在一起，又迟疑着离开了。女人接过烟放进嘴里，吸一口，却咯咯地咳嗽起来。女人说："啥龟孙烟啊，恁呛人。"德旺笑笑，接过烟，"管他啥龟孙烟呢，解闷呗。"

许久，德旺又说："要是年轻，我真想还吹那笛子。"静静的夜里，那声音听着很沉。

女人说："我也真想听那笛子，吹得多神气，多较劲，多好听啊。"德旺说："你爱听，就觉得好。"

刮过来一阵风，带凉的秋风。德旺问："冷不冷？"

女人说："有些凉。"

德旺吞吞吐吐地说："把脚，把脚伸进被子里吧。"

女人迟疑了一下，真伸了，却碰着了一双脚。女人想把脚往后缩，却被那双脚勾住了。女人就觉得有一股感觉往身上涌。

……

夜真的深了。

终于，女人要走了。

德旺说："走吧，玉米我替你看。"

女人从路边站起来。德旺说："要不，我送送你？"

女人不言声，两个身影一晃一晃地往村里挪。

快到村口时，德旺说："明个，明个还来看不？"停着脚，看着女人。

女人说："死老头子，明个，明个再说吧。"

夜空中，有两只鸟相递地叫了几声，把个秋夜叫得很静。

又是一个夜晚，依然撂条被子在肩上，德旺老汉又去村外守秋……

老人的秋夜啊。

我就要个太空杯

"我就要个太空杯，我什么也不要！"山在电话里倔强地对夏副书记说。

夏副书记说："我现在是在 A 市，这儿是全国的商品集散地，你怎么就不要个大一点的、贵一点的东西，那太空杯顶多也就是百儿八十的。"

山说："我就要个太空杯！"

"为什么呢？"

山没说什么，山轻轻地把电话挂了。山静静地坐在椅子上，此刻显得有点颓丧。山在乡里已经工作十年了，一直都呆在办公室，几年前他被任命为党委办公室副主任，任命时姓名后边还加了一个括弧（正股级），他干的也的确是一个正股级的活。在乡里山负责写作各种材料，每年都要起草几十万字的文字，为写材料，他额前的头发几乎掉光了，可是本该享受的待遇却没有。比如说这太空杯，主任已经有好几个了，在乡里用不了，他带到家里，招待客人用的都是太空杯。他清楚地记得主任的一个太空杯是书记给的，还有一个是乡长参观回来给主任的。可是山一个也没有，就因为他是副主任。山知道自己有点倔，但这不是心眼小，你们说就一个太空杯，多买一个不就是了？

有一次山向朋友诉怨气，说完了他问朋友："你说这是为什么？"

朋友说："因为你是副主任啊。"

山说："等级界限这么明显。"

朋友说："你看，乡里有多少中层干部，副股级有多少，给你买了，别人不攀比吗？再说给你买一个太空杯，敢说你就不炫耀一下？说不定因为给你买了，就影响了别人的情绪。"

"可是主任能有，我为什么不能，我的任命后边不是还挂了个括弧么，都是一个级别呀！"

朋友说："你看，跟你说不清的道理，反正你不该享用领导买的太空杯。"

山心里不服，他想：任命书上就我一个人加了括弧，我怎么不该享受正股级待遇？

其实不服也得服的事情多得很，前年乡里组织外出旅游，凡是正所长、正主任都去了，山却被撤下。山去找领导反映，领导说："去的都是正股级。"

山的倔劲又上来，"我任命时的那个括弧还算不算？"

领导哑然。哑然之后是讪笑，好像在笑他迂腐。

其实不是谁的心眼小，是他没有得到该得到的东西。

但不管怎样，夏副书记这次还算公平，他从遥远的 A 城打电话问自己要什么，山心里多少有点平衡了。

几天后，夏副书记从南方归来，把两个精致的太空杯给他，郑重地说："给你买了两个。"

那两只太空杯，白白净净的，外层镶嵌着一棵松树和两只鸟，在桌子上很庄重地站着。夏副书记说："我本来准备给你买件贵重的东西。"

"我不后悔！"山看着太空杯，"当"，泪滴在杯子上。

这仅仅是个太空杯吗？这是对一个人的尊重。山在心里想。

可是夏副书记说："你知道吗？党委会已经研究决定任命你为办公室主任了。"

钉 鞋

这是小城的一条僻街。

每当城市卫生检查时,大街旁那些算命的、补鞋的、卖糖葫芦的、卖水果的等都被撵到这条僻街。久而久之,僻街不僻了,小街成了固定摆地摊的地方,顾客随着摊主转,小街日渐热闹起来。

我家就住在这条僻街里,我常常从地摊旁走过,没事的时候爱坐在地摊的对面,看这地摊的人生风景。

她虽然是后来者,但无疑却是我特别注意的一个。她有一种冷峻的美,微烫的短发,长方脸,看上去很有气质。她很少与其他摊主拉什么家常,她的摊和其他摊主的位置拉开一些距离。

她是一个补鞋的。起先她的手艺显得很笨拙,伸出的手纤长而细腻。我猜想这绝非她的老本行,她可能是一个下岗职工或者家庭遭受不幸者,总之是被逼上了这条地摊人生之路。

后来我注意到,她每钉一双鞋就从衣袋里掏出一个暗红色的笔记本记着什么。有时傍晚会有一个很有派头的男人来帮她收摊,女人激动地掏出笔记本对他说着什么,男人就和她争论,女的则坚持己见。

转眼春去秋来,秋去冬又来了。

一个风雪天,僻街上显得很冷清,只有她在坚持着出摊。她两只手握在一起,风衣的帽子戴在头上,还不时向手上吹着哈气。

看她冷清地坐着等客,我忽然想到我脚上刚买的一双棉皮鞋还未钉掌。一年多了，我第一次走近了她。她用一条毛巾擦去凳上的积雪让我坐下，又麻利地从工具箱里拿出工具，捡出一副铁掌很认真地钉。

钉完了，她说："算是赠送，难得在这种天气你能成为我的顾客。"

我固执地要给她钱。

她说："我是一个下岗职工，原来是一家大企业的中层干部，可以说一直是养尊处优，发号施令。下岗后也曾有人聘请我，但我都拒绝了。我下了很大的决心，跟人学会了钉鞋，我发誓要钉够一万双鞋才收摊不干，你就是我的第一万个顾客。也许明天我就要告别这里到一个新单位去了。"她掏出常常记着什么的笔记本让我看，上边记满了阿拉伯数字，那数字直写到9999。

"你知道吗？那个常来帮我收摊的是我们原厂的一个科长，现在他承包了一家企业，一直邀我过去，但我发誓一定要钉够一万双鞋。现在我的愿望实现了。"

我问："你现在就要收摊吗？"

她说："不，坚持到傍晚。"

我又坚持给她钱，她坚决不要，最后她在那钱上写了这样一句话："我地摊人生的第一万名顾客朋友。"她说："你留着，算个纪念吧。"

我为明天这里失去一个摊位心里一阵难过。

柿子熟了

夏局长是从那年当上副局长后才把家安进城里的。但夏局长坚持每年重阳节这天回山里老家摘一次柿子，看看仍然住在老家的父亲。

那棵柿树在山里老家的门前，庞大的树冠遮天盖日。秋天，红红的柿子挂满枝头，像夜空缀满亮亮的星星。

每年的这一天，老人会显得很兴奋，早早地就等着儿子的到来，看儿子上树摘柿子，仿佛又看到了儿子少时的身影，好像自己也变得年轻了，站在树下禁不住唠叨两句：慢些啊，小心啊。

儿子笑笑：放心吧，还当我是几岁的小孩呀。

老人说：哦，不是，你现在不经常上树了，生疏，还是小心些好。

摘完柿子，小车载着儿子渐渐远去。老人常在山边站很久，很久，兀自地也显得有些惆怅。

这年秋天，夏局长提前进山摘柿子，和往年相比几乎早了一个月，满山的柿子还只是微微地变了颜色。

父亲看儿子回来，依然显得很高兴。

儿子在柿树下站了很久，仿佛有些生疏似地看着眼前的树，然后就要上树摘柿子。

父亲赶忙拦住了。这么早，柿子太涩。

儿子说：先摘点回去，带回去多放放再吃。

老人有些不解，咋，一个月都等不上了，在城里把什么都吃烦了？

儿子说：不，下个月我可能要外出学习，怕来不了。

柿子熟时，儿子真的没有来，这是几年来，儿子第一次重阳节没回老家，老人心里空落落的。老人想，儿子可能真的外出学习了。但老人不放心，带着熟透的柿子进了城。

老人看见儿子是在一堵高墙内。隔着窗栏，老人把红红的柿子递过去，儿子接柿子的手有些颤抖，泪花在脸上闪。

得几年吧？

儿子低着头。儿不孝，怕得个三年五年的。

爹说：去吧，混到这份上，身不由己了，不去也得去，柿子，我每年都给你送。

儿子哽咽了。不，爹，你不要。你好好保重，我，我说不定去多远呢。

爹返身走了，丢给儿子一个蹒跚的背影。

儿子真的走得很远，在几百里之外的一个瓷器厂。每年的九月初九这一天，老人准时地走进瓷器厂的大门，身上背着一篓红红的柿子，在接待的那个窗口，把柿子递到儿子的面前。老人更老了，脸上的皱纹显得更深，沟沟壑壑的。儿子眼角的皱纹也堆了出来，目光中透出一种彷徨，愧疚地看着爹。

爹，你不要这样好不好？我求你了。

老人看着儿子，催促他：吃吧。

家乡的柿子永远都是甜的，可儿子每次吃时都含着泪，儿子的心里疼。

爹，老人节，本该是看你的啊……

老人山岩一样的脸看一眼儿子，坐一会儿，丢下柿子就走，依然留给儿子一个沉重的背影。

一连几年，老人总来送柿子。

又是一年重阳节，满山的柿子红了，野菊花迎风开了。老人像山中一块普通的石头坐在小院前。他微闭着眼，山中的阳光照在他核桃皮般的脸上。终于他听见了脚步声，一种熟稔但久违的脚步声。他没有睁眼，两行浊泪汩汩地在他脸上淌。

爹，我回来了……爹，我回来了……

老人脸上的皱褶颤抖着，张开嘴把淌到唇角的泪水咽了，而后，使劲地睁开眼。

儿子在眼前站着。

可是，那棵大柿树呢？爹，怎么不见那棵大柿树了呢？儿子显得有些迷惘地喊。

老人艰难地抬起手，儿子赶忙握住了。老人指指门前的一棵小柿树。儿子看去，小柿树就长在原来那棵大树的旁边，蓬蓬勃勃的，已经结出零零星星的果子。老人断断续续地说：这棵小树是你走之后，我……我栽下的，是棵新树！新树！以后……以后你……和你的孩子吃柿子来这棵树上摘吧……

老人说完，忽然躺倒了。

爹……整个大山响着儿子撕裂的喊声。

背　影

　　杨木头忽然不想躲了。背上的药壶在沥沥拉拉滴着圆圆的水珠，细土上淌出一个个白色的水渍。他仿佛是被定住了，好像根本没有听见嘟嘟的哨子声。他就愣愣地站在大路上，看着一溜的车后卷起的滚滚细尘，细尘卷成一个困扰，慢慢地漾上半空。

　　杨木头背上的药壶，在平常是用来给小麦给秋苗打农药的，是庄稼人侍候庄稼少不了的农具。可是今天不同，今天他喷洒的对象是路边就要干焦的树苗，是树苗上几乎耷拉着的树叶。这些树是从另外的路边，从一些地头，甚至从农户院子里临时拔出来栽上的，实际上已经错过了植树的黄金期，那些树往路边插时就已经枯萎了。从他家墙外移来的两棵就在他的眼前，两棵可怜的树看见他就要哭了。路的两边是瓦塘乡的高效园区，按要求要田成方，树成行，一方田植多少棵树是有要求的，大路边多远一棵有硬指标限制。上边的几个部门今天过来验收，硬指标验收过去了，就能拥有一笔下拨的开发款了。乡里就临时下了死命令，没有栽上的树必须马上补。这就让村主任做难了，村主任就使劲地挠头，把头皮都挠出血了。一挠头办法竟然来了，其他路上的树，各家墙里墙外的树都被移了过来。好好的树移过来基本上就断送了性命，抢栽在路边的树被毒日头一晒叶子即刻就萎靡了。这怎么行呢？村主任就又挠头了，眉头就又皱了，一皱头一挠头办法竟然又出来了，一路上就有了几个扛壶打药的村民，壶里装的是叶绿素，是喷施宝。药喷上去，叶子霎那间会扑棱开，就有了短暂的生机。杨木头就是在路上背壶打药的人员之一，刚才他往路边的树上已经喷了一壶药，刚喷完一壶检查的车队就露出头了，从远处的烟雾就知道是浩浩荡荡的。指挥哨一响，杨木头和一路上几个背壶的伙伴藏进掩体，所谓的掩体就是在麦地里挖一个藏人的坑。杨木头藏在自家麦地挖出的掩体里，他的手里抓一把快要枯干的麦苗，眼泪掉在手里的麦苗上。检查的车辆又往前走，他从坑里探出身，荡起的细尘往他的鼻孔里钻，他站起身看着路上的树，心里很不是滋味。国家的钱再多也不能这样啊。

哨子又响了，检查组竟然杀了个回马枪。吹哨的人手里握着手机，手机关了哨子就插进了嘴里。杨木头从麦地里走出来，他的手伸出了喷杆，他扬着头，捏住了开关，可他又猛然把喷杆低下来，打气的左手也停下来，水沥沥拉拉地往脚下滴。他看着由青变得枯黄的树叶，他站着，站着不动，路上的细尘越卷越近了。指挥的哨子嘶哑了，最后吹哨人喊了起来：木头，真木头了？快喷！他没有动。细尘越卷越近，吹哨人又吼，木头，快藏起来，木头！

木头没有动。木头又往路中间站了，吹哨子的人还在吼，吼他，吼前边的一个人。后来吹哨人跑过来揉他，对他瞪眼，他狠狠地把吹哨人摔开，定定地在站在马路上！他和另一个打药的伙伴把路拦住了……

村长家的狗

在村委跑腿的二旺匆匆跑进村长家，额上的汗珠一甩一甩的，"村长，狗咬人了。"

村长正和人搓麻将，村长剜一眼二旺，"喊什么喊，打，打死它。"

二旺说："狗咬了几次人了。"

村长"啪"地摔出一张牌，"打，打死它嘛。"

二旺说："人家都认得是你村长家的狗，都看你的面子哩。"

村长"嗯"了一声。

二旺擦擦额上的汗，"村长，狗拴了吧，不能再让它咬人了。"

村长很响亮地摔出一张牌，村长说："什么狗咬人，是人惹了狗，狗才咬人的，再说狗也被他们打过嘛。"

二旺说："狗还是拴着好。"

村长说："我不是一直拴着吗，可放风的时候也得让它放放风吧，你要是条狗，整天呆在院子里不寂寞吗？"

二旺不说话了，二旺只能讪讪地笑笑。

说话间，狗回来了。这是一条黄色的大狗，光洁的毛，嘴上挂着油气。看见狗回来，村长不打麻将了，狗撒娇般又像受了委屈似地卧在村长身边。村长将将狗的鬃毛，亲昵地问狗："挨打了吗？你怎么又乱咬人了？"一边喊："二旺，你去冰箱里给狗拿点东西吃，把狗拴了吧。"

狗拴了，一段日子在平淡中过去。

这天早饭后，那狗一直挣链子，还不时汪汪地叫几声，用怜怜的眼光看村长。村长蹲在狗的身边，狗毛茸茸的头在村长身上蹭来蹭去的。村长拍拍狗，说："伙计，又想出去放风了吧？今天咱可约法三章：第一，不能仗势咬人，我不过就是个管着一千多口人的村长嘛；第二，早点回家，免得让我牵挂；第三，这第三嘛，就是不要招惹那些母狗，那样会伤你的身子，再说你以后怕更不安生了。"说着村长解开了那条锃亮的链子，狗像断了线的风筝，疯似地跑得没了影踪。

夕阳要落西山时，那狗还没有回来，村长急得在门口跺脚骂："这狗真他妈跑野了……"骂过了，村长喊二旺，村长说："你带人快去找狗，一定要找回来。"

二旺带一个村民小组长出去找，盘绕几个回合，最后来到村西河滩。二旺站在河水边，递给组长一支烟，自己也燃着一支，像有什么话要说。终于，二旺说："你说这狗凶不凶？"组长说："凶，已经咬过好几个人了。"二旺说："你说这狗要是死了亏不亏？"组长说："要是别人家的狗早给打死了。"二旺问："要是咱找着了狗，敢不敢把它打死？"组长疑惑地看着他，"你知道狗在哪儿？"二旺说："回答我的话，敢不敢打？"组长咬咬牙，"不就是一条狗么，你敢我就敢。"

二旺带组长走到一个僻静的水泵房旁边，忽然传出几声狗吠声。组长紧走几步，见那狗脖子上拴着条绳子，绳子在水泵上系着，狗的身下扔着几根被啃光了的骨头。二旺从衣袋里拿出一个食品袋，食品袋里是一条鸡大腿，二旺说："吃吧……"

傍晚，二旺和组长把狗抬到了村长家。狗真沉，累得他们身上额上都是汗，心口嗵嗵地跳个不停。二旺沮丧地说："村长，真对不起，我们找到狗时，狗已经死了。"

建议箱

建议箱原名为意见箱。那年金支书上任，看见意见箱总要皱皱眉。后来，他在会上发表见解："意见箱"挂着总觉得不舒服，好像我们办事老不公道，或者老有弊端，群众提不完的意见似的……

意见箱就变成了建议箱。

负责开箱的是为村委守门看电话的老沙。老沙是个老党员，对工作负责又为人耿直，在村里颇得好评。

老沙开箱很有规律，每周开一次。大部分时间箱里都是空的。时间一天天过去，老沙虽然常常空手而回，可是他仍然每周一次去开建议箱，雷打不动。渐渐地，老沙开箱有了收获。支书接过建议或意见，马上就开会研究。每次听支书笑着说这个或者那个建议好，老沙就跟着笑，也跟着说好、好。

老沙就更有兴致地去开箱。

老沙不愧是老沙，几年过去了，仍是一如既往。支书也不厌其烦地看老沙转来的内容。有人提出电力管理有弊端，马上解决了；宅基规划有微疵，马上纠正了。

后来，支书渐渐地发福了，接信的动作逐渐显得有些笨拙。老沙再转来意见或者建议，支书有时拿过来看，有时就坐在沙发上让老沙念。老沙知道支书忙，老沙就很认真地念给他听。

又是一段时间过去。

老沙开箱还是雷打不动，开了箱还是拿着意见或建议送支书。支书显得有些不耐烦，后来也不看了也不让他念了，对老沙说："放这儿吧，放这儿吧。"老沙就放那儿了，可是他不放心，出了门又扭过身："支书，你可要看啊。"支书说："看、看。"老沙就走了。

意见书越来越多，老沙开箱仍然很准时。支书个人搞了实体，找他已经不那么容易了。也许是经不住长期风雨剥蚀，建议箱终于还是坏了。

老沙给支书说修修建议箱吧。支书说忙，推脱了。又问了几次，支书说："别挂了，没有它，我们照样开展工作。"

老沙好不情愿地省了一份心，不再开箱。

不久，村里有人把意见捅到了乡里、县里，支书经不住调查，就下台了。

下台那天，支书在建议箱前站了半天。

几天后，新支书上任，一个锃亮的建议箱又挂起来，还是老地方，开箱的还是老沙。

一张照片

我一直珍藏着一张照片。

照片上是一个女孩，她手牵一枝盛开的桃花，好似在嗅花的馨香，又仿佛在观察桃花的花形，只是那双美丽的大眼睛满是忧郁。

这张照片是偶然得来的。

那一年桃花节，我和一位朋友去看桃花。一眼望不到边际的桃林，让人心旷神怡。桃林深处，朋友站在一株桃树旁让我为他拍照，我忽然发现就在那株桃树的侧面，一个女孩正双手抚弄着一枝桃花，神情庄重而美丽，鬼使神差我迅速摁了一次快门。

这张照片就是这么得来的。

但遗憾的是我没有与女孩说明白，没有询问女孩的地址，因为女孩转瞬就消失在大片桃林里。

但从此我心里却有了一种放不下的牵挂，每隔几天我都禁不住拿出照片来端详，好像与女孩已有过一段深深的交往。女孩身材秀丽、苗条，有一双粗粗的辫子，穿着一身浅蓝色的裙子。朋友笑我害了单相思，但我是真的渴望再见到她。

这以后每年的桃花节，我都到桃林去，怀揣着那张照片，盼望能见到这照片上的女孩。我要告诉她，我拍下了一张她的照片，我一直珍藏着，并且一直想把这张照片还给她。

我在桃林里苦苦地寻找着。

第三年桃花节，就在我又失望地走出桃林时，我忽然看见她：苗条的身材，两条长辫，浅蓝色的裙子，面向桃林，纤细的手又在抚弄桃花。我惊喜地奔过去，但当那女孩回过头来，我失望了——不是。我把那张照片让她看，说："对不起，我以为你是这女孩，你看你认识她吗？偶然的机会我为她拍下了这张照片，我一直想把照片还给她。"

她竟然怔怔地看着我，落下泪来。

"你一直都放着这照片？"她问。

我说："三年了，每年桃花节我都到这里来，希望能碰到她。可是人海茫茫，也许这一生也难逢在一起了，也许她根本就不知道我为她照了这张相。"

"不，她知道。"

"你……"

"她是我姐姐，这是她生命中留下的最后纪念，那天她是从医院跑出来，来看这桃花的。回去后她再也没能从病床上起来，临终前她一直念叨着桃林，她说她相信照相的人会留下这张照片。她嘱咐我，每年的桃花节都要穿这身那天她穿过的衣服来看桃花，也许能碰到照相的人，也许能看到她生命中留下的最后纪念。"

她端详着相片，眼泪扑嗒嗒地落了下来。

良 心

　　春天，乡里几次打电话到临河村的村委主任家，接电话的都是村委主任的爱人。乡里问："村委主任怎么老是不接电话？"村委主任的爱人有些过意不去："不是不接，他不在家。"

　　电话又打到支书家，问支书村委主任究竟是怎么回事。支书说："村委主任他真的不在家，他在百里外的一个村承包了一家工艺厂。"于是本来应该是村委主任参加的会支书参加了，支书不愿参加时就委派村里的副职。其实支书也忙，他与别人合伙办了一个大型养殖场。

　　时间久了，乡里对临河村的工作有了成见，几次全乡大会上都对临河村提出了批评。但批评归批评，支书依然抽出时间去忙他的养殖场，村委主任回家呆几天又匆匆回到厂里。这样拖了一年多，乡里决定对临河村采取行动，派了工作组对临河村领导班子进行考察。

　　考察组到的那天，支书终于腾出时间在村委会忙着接待，村委主任也从百里之外匆匆赶了回来。考察组见两人都到了，就把他们叫到一个僻静处，问他们对这次考察有什么想法。

　　支书说："想法没有，其实我们不是不想干。"

　　考察组说："可你们太让乡里失望了。"

　　村委主任说："你们征求群众的意见吧。"

　　考察组就开会，让党员和代表谈意见、谈看法，并给每人发了一张测评表，让与会者填写意见和推荐新领导人选。

　　会场很静，表收上来，没人填意见，推荐栏里依旧写着现任支书、村委主任的名字。

　　考察组人员碰了头，开始个别谈话。

　　谈了一多半人，考察组的记录本上记着基本相似的内容：支书、村委主任虽然忙了自己的事情，但他们用自己的钱为村里办了好事。支书年前自费为村里安了40只高标准的路灯，还带起十几家搞养殖；村委主任拿出几千元维修了小学校舍。

　　考察组感到迷惑了。

　　夜里他们又找支书、村委主任谈话。支书感慨地说："这次考察促我反省，以后我要把更多的精力用在工作上，带领全村人养殖致富。养殖是粮食就地转化增值，没有多大风险，以后乡里有事就多跟我联系。村委主任刚承包了那个厂，先让他往厂里多分分心吧。"说到这里，支书忽然感到自己的唐突，自嘲地笑笑："你们看，还不知道我们干成干不成呢？"

　　跟他谈话的人也跟着笑了。

　　他们又去找村委主任，村委主任不在家，厂里有急事，来车把他接走了。考察组往外走，显得快快不乐。村委主任的爱人撵出门对考察组说："他临走丢下几句话让俺替他说，他说穷家难当，穷干部更难当。他说再干一年就回来，不管还是不是村委主任，都要在村里建一个群众参股的厂。"

　　考察组走上大街，看见了那明亮的路灯。他们又散步到村小学，那校舍真是刚修过的，大门口安着漂亮的灯箱。

　　他们的心头仿佛挽上了一个结，一时解又解不开。

我家也养一群羊

村长逛到柳山家时，柳山正在宰羊。柳山宰羊宰得很在行，一刀下去，羊就瞪了眼，四条腿折腾几下再也不动了，股股羊血顺着刀口泉水似地往外喷……

柳山看见村长了，可柳山依然低头杀他的羊。柳山对村长有意见，他家的羊肉饭馆开业半年了，村长一次也没有带客人到他家饭馆吃过饭。村长的身影却经常在其他两家饭馆里晃。临河村是个大村，农业上有特色、工业上有项目，到村里来的客人不少，要是村长带客人到饭馆吃饭对生意肯定有好处。想到这里，柳山就不想理村长，宰羊的刀下去也显得有点狠。柳山的媳妇看出了柳山的情绪，甩甩手，去屋里给村长拿烟，笑盈盈地把烟递到村长的面前，招呼村长往她搬出的那把椅子上坐。

村长也看出柳山有点牛，但村长不急，要是没这点耐性村长就不是村长了。村长从柳山媳妇的手里接过烟，点着了，尽管那烟吸着有些冲。村长看柳山把一只羊收拾好了，村长笑笑说："柳山，好手艺啊。"柳山不能不说话了，再不说话就有点太那个了。人家毕竟是村长，饭店开在村里的地盘上呢。柳山看看村长，憨厚地笑了笑。村长问："柳山，羊都在哪儿买呀？"柳山说："在山里，也在临近的村庄买。"村长又笑了笑，"柳山呀，干吗舍近求远呢？我家也养了一群羊呢。"

柳山狐疑地看了看村长，"你家有羊？"

村长吐出一口烟，"是啊，我爹在家没事，怕他寂寞给他买群羊放，有时间你过去看看。"一边说着一边径直往外走。媳妇微笑着，赶忙送村长，一边说："行，村长，哪天就让柳山过去看。唉呀，村长家有羊，我们就方便多了。"

村长往前走，喷出的烟圈在他头上飘。

村长走远了，柳山"呸"地吐了一口，"我偏不买他村长家的羊。"

媳妇听了，弯腰笑。柳山说："你笑个屁。"媳妇说："我笑你痴、呆，告诉你，我们的买卖来了。"

倔是倔，柳山还是开始去买村长家的羊了。村长家的羊很肥，买了羊，柳山按媳妇说的意思办，当场就把钱放到了村长家的桌子上。连续买了村长家几回羊，村长开始领着客人到他家的饭馆吃饭了。

之后，柳山更勤地去买村长家的羊，村长家每天都传出羊"咩咩"的嘶叫声。每次柳山逮羊捆羊，村长微笑地站在一旁看。有时看柳山忙完了，也递支烟给他。柳山在逮羊的过程中总是闷闷的，捆好了，放了钱就走。

村长也更勤地去柳山家的饭馆，隔三差五地带上边的客人或带村里的几名干部到柳山家饭馆吃一顿。有时喝到微醉，还拍着柳山的肩，"柳山，好手艺啊。"趁人不注意也悄悄地捏一下柳山媳妇嫩葱一样的手，"你这女人，精明着呢。"柳山媳妇低头笑一笑，薄薄的嘴唇贴近村长肥大的耳垂，"告诉你，你家的羊要是供不上，我们就……就……"

过了腊月半，村里的饭馆都关了门。年味越来越浓了，乡村的街道已经开始响起零零落落的鞭炮声。这天晚上，媳妇盘了一年的成本账，高兴地说："柳山，我们赚了两万多呢，光村里就吃了一万多。"

看媳妇那张漾着喜气的脸，柳山喜不起来，嘟囔道："你知道，每买村长家一只羊，我们都多给他十几二十块钱呢，每天买他家两只羊，你算算，他今年多赚了多少钱。"

媳妇嗔他一眼，"真是死脑筋啊，不去买他家的羊，咱今年能赚这么多吗？"

柳山不说话，喷出一口浓浓的烟。

媳妇说："村长说让咱明年还开羊肉饭馆哩。"

柳山狠狠地把烟掐灭了。

过了年，柳山早早地就扛了行装走了，据说到外边去打工。有人问："柳山，饭馆生意好好的，咋不开了呢？"

柳山径直往村外走，脚步踩得很气迈，腰板挺得直直的。柳山在心里说：这样的饭馆下辈子我也不开了。

树林里的口哨声

　　他常去城外的那片小树林。

　　他和魏娟的爱情是从这片小树林开始的，他们曾戏谑地称这片小树林为"爱情林"。

　　后来的那个秋天，那个小树林洒满落叶的秋天，魏娟执着地加入了南下从商的行列。分手是恋恋不舍的，但魏娟一去再也没有回头，似乎彻底忘掉了这片小树林。

　　可他忘不了他们共同走过的那些日子，舍不下这片小树林。他常常沉浸于对往事的回忆，在小树林里寻觅着魏娟的影子和他们爱情的影子。

　　小树林很静。他喜欢这种静，仿佛魏娟还傍在他的身旁。可想到魏娟的远走，他未免有一种失落，每次在树林走累了，他会坐在树下的草地或落叶上吹着口哨，模仿着林子里的鸟鸣。忽然有一天他发现自己的口哨声吹得像真的鸟鸣似的，鸟儿都向他围拢过来，鸟儿爬满了他周围的枝头，飞满了他的头顶。

　　寂寞的日子里，有了鸟儿的和鸣，仿佛得到了一种解脱。

　　一个周末的午后，他在林子里模仿一阵鸟鸣后依偎着一棵树睡着了。醒来时看见一个女孩坐在他的对面，手托下颔静静地看着他。

　　他惊异地坐起来。女孩披散着一头乌黑的长发，微微地笑着，像一朵露着笑靥的花儿，有一种成熟又天真的美。

　　"你是谁?"

　　"我是我。"女孩很调皮地回答。女孩说："其实，我见过你几次了，听过你几次出神入化的口哨声。"

"可我怎么不记得见过你呀?"

"你现在不是见到我了吗?"

"你是……"

她说:"我叫夏莉,在城郊一所小学当老师,我喜欢音乐,喜欢文学,所以喜欢这里的意境。"顿了一会,女孩说:"我想再听听你的口哨声,好吗?"

他背向女孩,倚着一棵树,悠扬又沉郁的口哨声在林子里响起。

女孩轻轻地说:"你的哨声有点忧郁。"

他说:"对不起,可能是受情绪的影响。"

那天是女孩先走出小树林的,女孩说:"用口哨和我再见,好吗?"

他在林子边又吹起口哨。

几天后女孩和他又在小树林里碰面了。他们像是早已稔熟似的谈起来,女孩问:"来小树林,有原因吗?"

他摇摇头。

"真的没有?"女孩的目光有些逼人。

他踌躇了一阵,讲出了和魏娟的故事。

女孩说她是带学生来这里春游后爱上小树林的,小树林真美,有一种幽静的祥和的美。尔后她隔一段时间就来一次小树林,有一天就听见了他的口哨声,看见了他周围飞翔的鸟儿,多么浪漫,多么壮观的一幅图景啊。她当时激动了,可不忍心打破,就悄悄地听这口哨,直到那天和他认识。他们说着话,阳光一缕缕地洒进小树林。

后来他常和夏莉在小树林见面,在林子里散步。

他吹口哨时,她守在对面静静地听,而后仰起头一起看盘旋在头顶的鸟儿,看树林上空白色的云,看树叶悠悠地在半空舞。

慢慢地他们相爱了。

小树林充满幸福的时光,小树林录下了他们喁喁的低语……

又一个春暖花开,万木返青,小树林镀满生命绿色的季节,他们相偕着走进了婚礼的殿堂。

一天晚上,月光淡淡地洒在床头,夏莉说:"我向你透露个秘密。"他抱着她的臂膀。

她说:"魏娟,魏娟其实和我是同学,她在南方已经和一个商人结婚,她说对不起你,是她向我介绍你,我才来了这小树林……"

后来,后来小树林还是他们常去的地方。

他的口哨依旧悠扬地在小树林响起,只是越来越分不清究竟是鸟鸣还是哨音了。每当这时,鸟儿总欢乐地在他们头顶盘旋,像跳动的五线谱。

几年过去,他们已经是三口之家了。有一天他们在报上看到这样一则消息:一个女商人要借城外一片小树林建一座什么公园。

婉 儿

老秀和婉儿结识是共同的爱好牵的红线。

那时老秀养鸽在小城已小有名气，老秀的鸽群已成为小城的一道风景。每天清晨老秀准时放飞的鸽群飞翔在小城广场的上空，鸽哨声打破小城的寂静。

同样是养鸽人的婉儿是循着鸽群的影踪见到老秀的。

两个养鸽人自此有了交往。婉儿养鸽的规模和老秀不相上下。婉儿住在小城的边缘，一方独院，院里点缀着一些花草，花草中间植着几株青竹，鸽笼整齐地摆放在花草的对面，院里的环境幽静怡人。而婉儿给老秀的印象是明眸皓齿，清清静静，像一个知识女性。

共同的爱好给了他们共同的话题，他们沿着这话题走过了三个春秋。婉儿的出现使在婚姻上屡遭失败的老秀又燃起了欲望，寂寞的生活因婉儿又异彩纷呈，老秀常常生活在一种悄然的憧憬之中。偏偏这时候婉儿出了变故，可能是不愿再固守这种清贫，婉儿养鸽的兴致日渐低落。再后来突然有那么一天，婉儿带着几只鸽子到他的住处拜访，婉儿的话使他心头倏然一沉，"秀，我要走了。"

"走了？往哪走啊？"

"到南方，我的一个朋友在那儿开了家公司，让我过去。"

"一定要走吗？"

"我决定了。"婉儿就站在老秀面前，"让我们共同记住这美好的岁月吧，鸽子处理了，这几只送给老师。"婉儿指着一只体格较大、神态庄严的鸽子对老秀说："这是我最疼爱的一只，你多关照。"

像这类鸽子是有昵称的，老秀问她："叫什么名字？"

婉儿意味深长地看看老秀，又看看鸽子，纤细的手向老秀的手握过去，徐徐地说道："叫它'婉儿'吧。"

婉儿走了，从此这只叫"婉儿"的鸽子成了老秀鸽子中的宠儿。老秀对这只鸽子显得特别疼爱，常常让"婉儿"独自和自己呆在一起，也时常把心中的话喃喃地向这只鸟儿倾诉。"婉儿"很懂事地听他诉说，温顺地面对它新的主人。

起初到南方的婉儿每隔一段时间便给老秀来一封信，每次来信都提及她的鸽子，问一问"婉儿"的近况。老秀也很及时地给她回信。但信的周期越来越长，以至后来再难见到婉儿的来信了。

时间像流水一样匆匆，一晃就是几年。老秀养鸽的名气在小城愈来愈大，但当他从养鸽的乐趣中醒过神来，向他袭来的总是一阵说不上来的孤独和寂寞。

在孤独和寂寞中的老秀日渐憔悴，各种病魔的阴影好像合伙一齐向他袭来。他越来越感到力不能支，连喂鸽子也觉得乏力。他隐隐感到自己离彻底告别这个世界已经不远了，现在他不能不想到鸽子的归宿，在想鸽子的归宿时他又一次次地想到婉儿。婉儿毕竟是养过鸽子的，和鸽子曾经有过的情意毕竟是割舍不断的。"婉儿，你该回来了吧，我想把鸽子托付给你！"他在心中一次次地呼唤着。有时候他把"婉儿"喊到自己面前，问"婉儿"："想不想再回到你原来主人的身边？还有让你现在的伙伴都跟了你的主人可以吗？"

他看见"婉儿"沉郁地点了点头。他开始翻出婉儿以前的来信，按上面的落款给婉儿写信。他把养鸽之余的时间都用在写信上，每四天发出一封。他不知道婉儿是否能收到信，已经好几年没有音讯了，婉儿说不定早换了单位。果然在他发出第四封信的时候，他的前两封信被退了回来。这并没有使他气馁，他打起精神出去打听婉儿的地址，终于有人告诉他一个地址，但也已经是两年前的地址了。这次他汲取教训，信不再直接寄给婉儿，而是寄给婉儿曾经所在单位的老板，求老板帮忙将信转寄给婉儿。而后他又写了一封信放在床边的桌子上，又在屋子、院子里遍地撒满了鸽子的食物。

"咕咕。""婉儿"叫着。

"咕咕，咕咕。"满院的鸽子都在叫着。

"咕咕，咕咕。""婉儿"守在他的身边，怜惜地看着他。他躺在床上，眼角闪着泪光。

在那个树木开始凋零、遍地飘着黄叶的季节里的一天，老秀终于走完了他生命的历程。

老秀的葬礼奇异而肃穆，至今仍成为小城的一种奇谈。老秀被送火葬场的那天，几百只鸽子在火葬场的上空哀鸣盘旋，天空阴沉沉的，空气好像凝滞了。从老秀离开人世前到老秀被送进火葬场，那只叫"婉儿"的鸽子一直守在老秀的身旁，神情木然，眼角挂着眼屎。在老秀尸体被缓缓送向炉膛的过程中，"婉儿"缓缓地飞在老秀的身体上空。在老秀的身体被送进炉膛的一刹那，"婉儿"忽然纵身而下，在炉膛前迅速盘旋一圈冲进了炉膛。接着是一群鸽子相继向炉膛飞去，整个炉膛前一片鸽子飞翔的身影……

据说婉儿那天从南方回到了小城，但她走进火葬场时老秀和那些殉葬的鸽子已从炉膛飞进了烟囱。婉儿从火葬场抱走了老秀和鸽子共同的骨灰。

乡村歌吧

燕子北回的那个季节，晓莉的"乡村歌吧"在一挂长长的鞭炮声中开了张。

歌吧很简陋，就是三间大屋的一端放了一台大彩电，一台 VCD，靠墙的两侧摆了两溜儿的大沙发。

乡村歌吧犹如一颗投入潭中的石子，溅起层层涟漪。晓莉看到一张张喜悦激动的脸，进出的青年男女荡漾着青春的气息。晓莉没想到歌厅生意会这么好，每天晚上本村和邻村的年轻人蜂拥而至，点歌者十分踊跃，每首歌收两元钱，一夜竟能收入几十元。

丈夫大千外出打工了，歌厅需要个帮忙的，晓莉就找了跛腿的二根为她看音响。二根有一手娴熟的家电修理技术，只是因为腿跛，二十四五岁还是光棍一条。二根是个心强手巧又踏实本分的人，他和晓莉是小学到中学的同学，也曾暗恋过晓莉，但因为自己腿跛只好自卑地把感情暗藏在心底。

每天晚上二根早早地来到晓莉家，帮晓莉收拾屋子，放好音响，等待着顾客的到来。人走完了，二根又跛着一条腿帮晓莉整理屋子，拾掇电器。干了几天，晓莉执意按每晚十块钱付二根劳务费，二根固执地谢绝了。

晓莉说："二根，再不要钱，我可不让你帮忙了。"

二根不好意思地看一眼嗔怪他的晓莉："等再干一段时间，我一块儿拿好不好？"

晓莉只好依了二根。

每晚二根一如既往地来帮晓莉。歌厅的生意不错，二根总是忙忙碌碌的。二根的那条跛腿在音响边站起坐下，让晓莉看了有些心疼。

有一次晓莉问二根："二根，累不累?"

二根抬起头，看见一双清纯有神的眸子，心一颤，慌慌地说："不累，不累的。"

晓莉抓过二根的一只手，把一沓钱放在二根的手里："这钱你一定要收下。"

二根赶忙又往晓莉手里塞："晓莉，难道这力所能及的忙我也不能帮吗? 难道我帮忙就是为了这钱?"二根真想把晓莉那只温润的手一直拽下去，这是他向往了多少年的梦，可是他理智地松开了。

二根还是执拗地把钱还给了晓莉。二根说："等我将来能找个对象时，你和大千给我随份贺礼好了。"

晓莉说："这哪跟哪啊，难道你不帮忙我们将来就不为你贺喜吗?"

不管怎么说，那钱二根还是没收。

晓莉把歌厅的经营情况写信告诉了在外打工的大千。不久大千回来了，大千看了晓莉办起的简陋歌吧，有些疑惑地问："这就把钱挣了?"

晓莉说："是呀，唱一首歌两元钱，一夜能挣几十块呢。"

大千笑了。"真是眼界太窄了。"大千说，"我们也学城市吧，建几个单间，找几个陪舞的小姐，生意肯定好，那些发了财的乡村大款就爱傍小姐呢。"

晓莉摇摇头："那样不好，有点黄色的味道，不健康。还是就这样吧，给村里青年提供个聚会的场所，他们挺欢迎的。"

大千说："现在就兴单间，思想应该解放，三里五村的还没有设单间的舞厅吧? 我们办了肯定行。"

二根那晚也在听他们谈话，听着听着就插话过来："大千，那样不好的，咱是乡村。"

大千狐疑地剜一眼二根："二根，在我们家看了一段儿音响，怎么说话也偏向晓莉了?"

二根说："不是，那样真的不好。"

大千说："这音响你爱看就看，不爱看就专心修你的电器，我们家的事不用你操心。"

二根没话。二根看一眼晓莉，好像在问她明天还来不来看音响。再说他真有点儿怕来看不了音响，他想见到晓莉，每晚都见到晓莉，这对他干涸的心似乎也是一种安慰。

晓莉也好像看出了二根的意思。"二根，你是我请来的，该来还来吧！"

二根照样每晚来歌吧做他的音响师，只是大千看他的目光好像越来越异样。

大千执意建起几个单间，从城里找来几个陪歌陪舞的小姐，生意果然兴隆。只是二根显得更忙了，两只手更没有了闲暇的工夫。

歌厅的生意依然火爆，单间没生意的时候小姐们也在大厅唱歌，还十分热情地教人跳舞。晓莉发现，那些舞女们和大千眉来眼去的，好像有些不正常。进出单间的男人越来越多，小姐们像发现了新大陆，想不到这乡村歌吧生意也这么好。她们娇滴滴对大千"老板、老板"地喊，甚至有时候还当着晓莉的面和大千打情骂俏。

大千每晚数着成沓的钱乐滋滋的，晓莉的心却跳得越来越厉害了。

二根也隐隐地感到有什么不祥的预兆。

晓莉说："那单间撤了吧。"

大千说："怕什么，生意好好的，你怕钱扎手啊。"

这次两个人终于闹翻了。

……

歌厅真的出事了，在那个满野玉米飘香的季节，歌厅被查封了。

晓莉那天大哭了一场。将近一年的收入被罚得净光，大千也被拘留。二根去看过晓莉几次，两人只是默默无语地坐着。

大千出来后的一天夜里，晓莉被大千打得死去活来。

晓莉淌着泪跑出去，跑到村外的那片槐树林，她搂着一棵树嘤嘤地哭，这时候有人给她递过来一条毛巾，是二根。

晓莉忽然伏在二根的肩上哭起来。

二根的眼也湿了。

画 店

王泽玉的画店开在伟光市那个不算热闹的槐树街。顾名思义，槐树街长满古老、年轻的槐树。每到夏季，槐花盛开，整个街道流溢着槐花的香气。王泽玉的画店也借槐得名，叫"槐香画屋"。王泽玉的画在伟光市是有些声誉的，凭他的造诣，画店的生意还算可以。

一天，一个年轻人走进画店，将几幅画很恭敬地交给他，求他代卖。他拆开，是几幅山水画，其中一幅是一枝腊梅在山坡上盛开，画落款：山梅。

他左看右看，觉得这画的风格有些眼熟，在哪儿看过这种风格的画呢？他颇费心思地猜想，忽然他想到了楚老师。难道是楚老师的遗作？但再细看，那画分明是近作，还透着墨香，画的功力也有些粗糙。是梅芬吗？他的心顿然一颤，他抬起头，想问那个年轻人，但又止住了。替人卖画，何必问得那么仔细？踌躇之后他对年轻人说："过几日你来看看吧。"

这几张画使他沉湎于一段往事的回忆：

很早的时候他曾师从这座古城中颇有名气的楚老师学画，当时一起学画的还有一个叫梅芬的女孩子，那是楚老师的外甥女。两人学画都进步很快，楚老师视两人为得意门生，也有心将两人玉成一双。但文化大革命的风暴席卷全国，两人一起学画的生活被迫中断，后来两人分别进入两家工厂做宣传员。文革中楚老师被打成反革命，叫梅芬的女孩子也受到牵连，被取消工厂宣传员的资格，在厂里做了一名清洁工；王泽玉因家庭出身好才幸免牵连。就在梅芬做清洁工时楚老师含冤离开了世界。从此王泽玉和梅芬也中断了来往。小城不大，两人却一隔多年没再见过面。

几幅画激起了他心中的涟漪，这是梅芬的画嘛，梅芬，你现在过得好吗？

几日后，年轻人又来到画店，问他："大叔，画卖了吗？"

"卖了！"他赶忙将早已准备好的钱递过去。"这是卖画的钱。"青年人看看钱："能卖这么多吗？"

"能！"

"谢谢！"年轻人眉心仿佛舒展开了，道一声感谢离开了画店。王泽玉站在门口，久久地看年轻人走远。

隔几日，那年轻人又送画过来。

他有些狐疑地看着那年轻人："还卖？"

年轻人点点头，解释说："我们家遇到了困难，妈没有其他办法，只好重操画笔。"

他恭敬地将画收好，对年轻人说："有画尽管送来。"本来还想问点什么，却迟疑着没有启齿。

第五次，年轻人给画店送画时，脸上有了喜色，他对王泽玉说："妈说这几幅画可以不卖，只想换你的几幅画作。"

他说："好，你过几日来取！"而后，王泽玉开始静心地去作那几幅作为回赠的画。

槐香画屋在槐树街扎根坚持下来了，生意也算可以。年底王泽玉算了一笔账，这年的收入有三分之二都贴补在那年轻人送来的画上了，但他无怨。窗外，这个冬天的又一场雪飘下来了。

其实，这个故事还有这样一个真实的结尾：一天，那画上落款的"山梅"去见王泽玉，王泽玉抬起头，看见一张写满沧桑的女人的脸，但王泽玉还是认出她就是当年的梅芬。王泽玉说："山梅真是梅芬啊？"

梅芬点了点头，拿出一叠钱递过柜台："这钱该还给你了。"

"这……"

梅芬说："我知道，我的画并没有卖出去，多年不操笔，功力不行了，卖画，也是出于当时的无奈。有一次我悄悄到你画店来，你正在看我的画，你那样专注我都流泪了，只是那天我没有打扰你……"

"不，其实，你的画能卖出去，我只是想留下来作个纪念。"

梅芬和王泽玉的目光对在一起，这一对，多少年的沧桑都过去了。

梅芬说："你回赠我的画我好好地保存着。"

……

夏季，一阵槐花的香飘进画店，好浓郁。

意　境

　　很正常地，古明每星期到兰兰花店买一次花，买那种淡雅的，看起来生长得很蓬勃的鲜花。

　　姑娘注意到，古明买花是很正常、有规律的，他举止文雅，眉间藏着一股锐气。买花期间姑娘已几次送画给他，小伙子每次都欣然接受，将花和画小心翼翼地擎着。但没听他夸过一次画，这使她有一种怅然若失的感觉。

　　有一次小伙子走进花店，买了一盆淡雅的康乃馨，踌躇着，然后说："我在这里买的那些花到我租住的那个小院好像长得不那么好，能请你抽出时间到我那儿看看么？"

　　姑娘说："好吧。"

　　有一天，她随小伙子走过几条道路几条胡同，走进一个小院。小院是旧院，但收拾得挺干净。那些花儿摆满了小院的檐下、墙边，每一盆花都纤尘不染，看起来小伙子是个挺细心的人。但确有几盆蔫蔫的，打不起精神。姑娘观察了几分钟，开始一边调整花盆的位置，一边说着：这盆花应该放在避阴处，这盆花应该搁在朝阳处，这盆花应该放在室内，这几盆不应该墒气太重等等。

　　忙完了，小伙子让姑娘到屋内坐坐。姑娘见小伙子的写字台上放着一摞厚厚的书：关于人文的、经济管理的、人际关系的等。她赠送的几幅画在墙头挂着。

　　小伙子为她打开一桶饮料："你叫兰吧？"

　　姑娘看着他："你知道？"

　　小伙说："我想是的，兰兰花屋嘛。"

姑娘说："我叫兰，也爱兰花，所以就叫兰兰花屋了。"

小伙说："名字挺好，我第一次选择买花就是冲这名字去的，让人产生一种美的感觉。那时候我就猜想，这花店老板一定叫兰。"

姑娘笑笑，转头又问："你好像不是本地人吧?"

"不是，我家是 B 县的。"

"噢，我看这小院挺静的。"

"是，就我一个人住。"

"你怎么会有这小院呢?"

"租赁的，挺便宜。在单位住太噪，我就租赁了这小院，宁静思远嘛。"

坐了一会儿，姑娘起身告辞。

小伙子还是很正常地每周到花店买一次花。从那次接触之后，他们总在花店静下来时谈几句话。慢慢地小伙子离开花店的脚步有些迟疑，看小伙子离开花店，姑娘的心竟也怅怅的。后来也不知谁的主动，他们的谈话从室内移向室外，甚至体育场、城湖边也有了他们双双的身影。姑娘又到小院看过几次花，在她的帮助料理下，院里的花长得格外好，尤其放在醒目处的那两盆兰花让姑娘看了格外感动。

那一次在城湖边，小伙子告诉她：他原本不会从家乡到这个县来的；他师范毕业本来已经分配到 B 县一所中学，可这时候叔叔调这个县当了组织部长，叔叔从小就喜欢他，就把他的手续办了过来，让他在教育局工作。他工作上兢兢业业，几年时间凭着工作实绩和叔叔的关系从一般职员成为教育局一个重要科室的科长，可就在他踌躇满志向副局长的位置冲刺时，他的叔叔被调整提拔到一个外地市任职。人走茶凉，他的事情也就搁置下来。

小伙子说完，长长地叹出一口气。他攥着姑娘的手："我要是能那样，保证你花店的生意好。"

姑娘望着湖水，微风中水面掀起波浪。她摇了摇头，也紧紧地攥住了小伙子的手，生怕失去什么似的，心头掠过一阵迷惘。

就是这次，小伙子向她提出了画一幅荷花的要求。

姑娘听他设想的意境：一方小塘，一枝很孤独的荷，亭亭玉立，水面有小小的波浪，花之上是一只凌空飞翔的鸟儿。

姑娘点点头，知道他让画的是他目前的一种心境。

姑娘很静心地画。

反复几次，直到画得满意了，认为画出了那种意境，姑娘把那幅画认真地包装好，等待着古明的到来。

却一直不见古明再到花店。

终于，姑娘掂着那幅画找到教育局。她说："我找古明。"可是局里的人对他说："古明的叔叔调回市里任副市长，古明已离开县教育局借调到市教委了。"

姑娘拿着画怏怏地走到城湖边，在他们曾经坐过的地方，把那幅画一片片地放进了湖里。

听 琴

那个春天的日子里，桉子常去那座楼后听琴。他就坐在楼的后边，离飘出音乐的窗口大约有十几米远。楼的后边是一条河，细细的河水静静地流。水边有几棵碗口粗的柳树，桉子就坐在那些柳树边，眯着眼，虔诚地听着飘出的音乐，下垂的柳条拂在额前，像跳动着的音乐的弦。

那是一架钢琴的声音，琴声里有对命运的抗争，有对自然静谧的歌唱。钢琴好像就在他的面前，他仿佛看见一个女孩儿纤长的手指灵巧地抚在琴键上，宁静的脸庞平静地朝着琴的前方。

琴声常常是在早晨或者傍晚响起。桉子会很准时地坐在窗后的河边，听着窗口飘出的音乐，桉子有时会感动得掉下泪来。

桉子甚至怀疑是不是有一种神灵的引导，为什么在他需要安慰的时候会遇见这个飘出音乐的窗口？那段时间，他刚刚经历了一段感情的挫折，和他相恋两年的女孩儿弃他而去，业务中的一次失误公司又让他暂时停职。双重打击使他心灰意冷，他无所事事，盲目地到处散步，久违的音乐使他找到了一种慰藉。有天傍晚，桉子听完一段音乐忽然有一种去看弹琴人的冲动。他匆匆地走到楼的正面，敲响了那个房间的门，门却一直没有打开。他想弹琴人可能太专注了，又听完一曲，踩着夕阳有些怅然地离开了。

公司通知他上班，让他去经受一次新的业务考验。那天早晨他又站在楼下听完一曲，恋恋不舍地踏上了为生活奔波的路途。

几个月后回来，他匆匆地奔向那个窗口。正是傍晚，夕阳的余辉洒在河面上，已经是秋天，柳叶儿开始泛黄。几个月来，他一直在想着这个窗口，想着听琴的日子。刚站在窗后，音乐声便悠然地飘出，他听出是他曾经听过多次的贝多芬的《命运交响曲》。他含着泪，心和音乐融合在一起，当一曲终止，音乐再度响起时，他再也克制不住地跑上了楼。

房门打开，站在面前的是一个中年女人，穿着素净，但脸上透着一种岁月的沧桑。走进屋，他看见了那架钢琴，一台擦得很明净的钢琴，可琴前无人。难道弹琴的是这女人？然而音乐还在响着，屋子里弥漫着音乐的氛围。他有些迷惑地看着中年女人。女人说："你就是在楼后听琴的青年吧？"他点点头。

女人沉静地说："弹琴的是我女儿，前几年大学刚毕业得了一种绝症，但在病中她每天坚持在家弹琴，把心中的苦闷向钢琴倾诉，顽强地与疾病做着斗争。有段时间，她知道窗后有一个男孩儿每天来听她弹琴，她弹得更加投入。可你知道吗，那是她生命中最后一段时光。谢谢你给了她最后的快乐和满足，让她有一个忠实的听众……"

女人说不下去了。

终于，女人擦擦眼泪，继续说："她临走时对我交待，如果有一天你再返回窗后，一定要让你听到音乐，我放的是她最后弹琴的录音……"

桉子听得呆呆的，心灵颤动，泪水恣意地在颊上流。

桉子说："阿姨，能把这盘带子给我吗？"

女人点点头，恭敬地把磁带递给桉子。桉子看见磁带上贴着一张照片，是一张清纯美丽的脸……

后来，桉子终于找到了一个女孩儿。那女孩儿一头乌发，有一张和弹琴女孩儿相似的脸。她虽然不会弹琴，但酷爱音乐。桉子拿出珍藏的那盘磁带让她放，琴声扬起的时候，桉子不在屋里，桉子守在他家的窗外听。

他们还常常一起去看那女孩儿的母亲。

风 铃

微风徐来，窗前的风铃发出悦耳的音响。

他静静地坐着，看着那风铃。

窗前已经挂着六副风铃了，其中的五副都是由他买回来的，妻子最早买来的那副已经有些褪色，但声音还那样清纯动听。

夫人爱风铃。

其实不是夫人爱风铃，是夫人买风铃给娇乖的女儿。

他是一家公司的经理，公司虽在本市，但由于业务太忙很少回家。那次深夜回来，他将一个亮亮的钻戒递给妻子，"对不起，这么长时间没回家，请原谅。"

妻子妩媚地看着他，依偎在他的身边，"以后再买东西，不要这么贵重好吗？"

"那，你喜欢什么？"

"买风铃吧，我们的女儿爱风铃，我也喜欢风铃，你听那平静的风铃声多好。"

他们屏住呼吸，他们真的听见了风铃声："丁当当，丁当当……"

他理解，那是一颗善良的母亲的心，他们看女儿，女儿在梦中睡得香甜。

这以后他每隔一段时间回家，带回的都是一副风铃，只是风铃的色彩不断变换着。风铃在一年内挂满了窗前，整整六副，有风吹来，发出丁丁当当的声响。

其实，每买一次风铃，他心里就多一份内疚。现在他静静地看着风铃，听风铃时而发出悦耳的音响，心在隐隐作痛。前段时间公司受挫，他引咎辞职，暂时待在家里。

终于有一天，他对妻子说："对不起，我对不起你，在外边我有个女人，我和她有过几次幽会，但每次满足之后我又像失去了什么。我知道我对你有愧，所以每和她幽会一次，我就买一次礼品，这风铃，那钻戒，都是……"

女人看她一眼，走向风铃，泪水在眼眶里打转。她说："其实，我早有所闻，只是我不愿相信，你能坦白，坦白就好，我能原谅你……"

他站起来，呆呆地看着女人，看着风铃。

"这风铃拆了吧，孩子也腻了，已经成了大人的风景，免得你看见了就想那么多。"

他说："不，不拆，留着它吧，我愿看到它们，听这风铃声。"

女人打开窗户，风很大，风铃发出一阵急骤的声响。

吊 篮

那幢楼连着一个菜市场，楼上的居民很方便，菜呀、鱼呀下楼就能买得着，省去了居民们的很多精力。

有一天，从楼上吊下个小篮子，篮子被一条细细的绳子系着，慢慢地顺着楼墙往下滑。篮子是用细细的柳条编成的，看上去小巧精致。

篮子慢慢落在紧贴楼墙的一个菜摊前。菜摊的主人是个女孩，女孩的眼光很清纯。慢慢升高的日头照在青菜上，一只长着甲壳的花虫在菜叶上蠕动。姑娘的独辫垂在胸前，辫子很黑、很粗、很有弹性。篮子里压着一张纸条儿，纸条下是一块钱，纸条上写着一句话："你好，请你将菜放在篮子里，放好扯一下绳子，谢谢你。"

女孩"嘿嘿"一声笑了。卖了几年菜，还没有见过这种买菜的，有意思。女孩掂着篮子时还觉得好笑，笑着把菜拣到篮子里，拽了拽绳子，篮子开始一节节地爬高。女孩仰头看着，仰得脖子都有些酸了。

第二天快晌午的时候，女孩刚卖完一拨菜，那篮子又下来了。还是压着一张纸条、一块钱，纸条上还是写着一句话："谢谢你，请往篮子里放菜。"女孩捡起纸条，脸上溢出一层笑。想起昨天往篮子里搁的是茄子和西红柿，今天就换了土豆和蒜苗。放好菜，女孩有些意犹未尽，觉得该朝着楼上喊两声或者写几句回话，人家信任咱，也算咱的老顾客。女孩想了想，喊是不合适的，便从提包里找出一张纸，写了一句话："你好，谢谢你的信任。"写好了，女孩觉得自己的字不好，又认真地写一张，直到写得还算满意了，才把纸条压进篮子里。拽一拽绳子，篮子像个甲壳虫似的慢慢爬进窗子。

姑娘还有一种想喊的感觉，不喊觉得憋得慌。往头顶看看，日头越升越高了，看看所剩无几的菜，咳了咳嗓子，还是忍住了。

第三天的上午那篮子一直没下来。大家都走了，女孩还想等等，将近正午，菜基本卖完，也是没有生意的时候，女孩坐在将近正午的阳光里，不时往楼上瞅一瞅。

最后，女孩骑着车失望地走了。

隔一天，临近中午她终于看见那篮子了。几乎没等篮子站稳她就紧紧攥住了那篮子，然后匆匆去捡篮子里的纸条，纸条被突然刮来的风旋起来，她一把抓住了。她有些失望地看完纸条，慢条斯理地往篮子里拣菜。她拣得很仔细，发黄的菜叶都撕下来了，两颗葱几乎剥到了不用再加工的程度。之后，她把一张写好的纸条压在葱下，那是一行昨晚就写好的娟秀的字："先生，你真浪漫，为什么要这样买菜？"

她又等到了篮子，也等到了回音："尊敬的女孩，我忙，不想下楼。"她把纸条收起来，往篮子里装菜，悠悠上下的篮子让她的想象像河里的水一波一波地动。

卖菜的日子，吊篮成了女孩每天的牵挂。

有一天，没等到那篮子下来，女孩抱着几棵菜上了楼。她实在想去看看楼上的主人到底是个什么样子，这念头在她心里拱了好几天了。她凭感觉去敲响一扇门，心"扑通扑通"地跳。

门开了，面前是一个看上去懒散、有些疲倦的男人，头发长长的，脸上透着一种与年龄不相称的沧桑。

她呆呆地看着男人，屋子里就他一个人。向窗口望去，窗棂上系着一根绳子，每天吊下去的菜篮放在窗台下。

她说："是你么？你看，就是那个篮子。"

看着她把菜放进篮子，他说："谢谢。"

她说："打扰了，我今天有事，要回去的早点，怕你不方便。"这是她临时编出的一个理由。

他有些局促地看着面前秀气的女孩。

"为什么不下楼呢?"

他有些支吾:"我,我,我不想下楼,我正在整理资料,准备写一部书。"

"你是个作家?"

"不是,是在写。"

女孩看见小小的房间里摆满了书,桌子上放着一台电脑。

女孩临别时,扭回头:"明天呢?"

女孩定定地看着他。终于,男人说:"你明天还能送吗?"

女孩再上楼,门是虚掩的。篮子还在窗台下放着,绳子还系在窗棂上。男人在桌前坐着,脸色显得疲惫,用一种感激的眼光看女孩。女孩说:"你的字写得真好,篮子里的纸条我都放着。"

男人站起来,说:"不,不好。"

女孩要走时,他送出门外。听女孩的脚步踏踏响在下楼的台阶上,他关上门,又坐在电脑前。

女孩每次送菜,男人都递给她钱,她摇头,她不要这个孤寂的男人的钱。她说:"等你的书写好,送一本给我好了。"篮子一直没再吊下去,女孩每天午前把菜送上来。有一天,在女孩要下楼时,男人说:"你想听个故事吗?"女孩和他相对而坐。男人说:"一个男孩,他是个孤儿,他犯了法,被判了8年,出狱的时候他已经不年轻了。上学的时候他本来是挺优秀的,尤其他的作文在班级是前几名。在监狱里他遇到个好心的指导员,指导员给他买书、买杂志鼓励他写稿投稿。在劳改的时候他写了好多作品,而且在杂志、报纸上发了一些稿件。6年后他提前释放,他没有回家,而是在一个小城租赁了一套房,那个小城是他劳动改造的地方。他发誓要写一部书,他窝在小屋中不想见任何人,甚至买菜也是用一个吊篮,他的窗口正好和一个女孩的摊位相邻。有一天,女孩叩开了他的门……"

女孩的眼泪就要下来了,她站起来,走近男人。男人站起来,对女孩说:"我抱抱你好吗?"

女孩偎在他的胸前:"你应该下楼。"

男人说:"我会的,我还想大喊。"

女孩的泪真下来了。

169

后来男人说："我要离开一段时间……"

女孩把他抱得更紧。

半年后，一个阳光亮亮的春天的上午，女孩推着菜车刚站到楼下，柳条篮又悠悠落在她的面前，篮子里是一本装帧精美的书。她捧着书眼角湿润了，然后她挎着一篮子的菜向楼上跑……

笛 缘

和兰心惠性的她结识是在那年的高考之后。

那年高考之后我回家看护果园，我家果园只不过是我们那儿大片果园中的一部分。看着一眼望不到边际的林果带、树枝上垂着沉甸甸的果实，听风吹过林子的沙沙声，我感叹大自然的美真是绝妙无穷。然而高考失利使我陷入无尽的懊恼和颓丧，我的情绪即使面对生机勃勃的果园也难以从失败的泥潭中自拔。

我想到竹笛，在这种情况下想到用笛子倾诉我满腹少年的心曲。我找出珍藏许久爷爷给我留下来的笛子，依偎在果园的一棵树干上，一任情绪在果园的枝杈间慢慢流溢。我随意地吹着，不知道究竟该吹些什么，看见树叶在微风中飘悠，感觉毛毛细雨打在手上脸上滴进笛孔渗进嘴唇，鸟儿在周围悠悠地盘旋。

我独自倾诉着。感谢爷爷在我少年时教我吹奏笛子，爷爷是我们这一带的著名艺人，他吹笛拉二胡，拉《江河水》、《二泉映月》，拉一些流传的民间调子；他在拉二胡的同时又吹出那些悠扬的笛曲，娴熟的技艺使他成为这一带至今还口碑不错的民间艺人，据说正在编写的县志也计划将我爷爷收编在内。我感谢爷爷教我吹笛，给我留下这珍贵的艺术遗产，使我能在欢乐和忧伤的时候倾诉心曲。

我在果园里吹，和果园这种环境相衬，我的笛声显得格外悠扬。那个午后我又在林荫中孤寂地吹笛，旁若无人。直到很久后抬起头来，忽然看见我的面前置放着一块画板，一个女孩正全神贯注地在画板上涂抹。她长发披肩，一双丹凤眼炯炯有神，浅粉色的连衣裙和果园相衬，显得富贵而不喧嚣，我被眼前的情景呆住了。

女孩见我停下，示意我继续吹下去。我知道她在写生，自己已在不知不觉中成为她的模特。我像一个听话的孩子，笛声又开始在周围顽强地响起，我看见一缕笛音在她的画笔上绕来绕去。

画完了，女孩示意我走近画板。画板上的我正横笛吹奏，背后是一片蓊郁的果林，面前的几棵果树上几只聆听的鸟儿栖在枝头。她秀气的字体写上的画名是《果园笛音》。

"我叫兰，来这里写生，事先没打招呼就画了你，请谅解。"女孩说话落落大方。

我憨厚地笑笑，点点头表示回答。

"从笛声里听出你好像沉浸在一种失意里，遇到了什么不愉快吗？"

"考得不好，落榜了。"我如实回答。

"可以再搏嘛，再说你的笛声很美，也是一种成才的机缘。"

"我吹得真好吗？"

"真的。"女孩说话很认真的样子，"我是闻笛而来，被你的笛声感动才支起了画板。"

听她说话，我真的想再吹奏一曲。

女孩要走了。她告诉我她正在一所艺术学校上学，如果这画发表了，她会留一份报纸或杂志，等有机会一定来送给我。

女孩背起了画板，风掀起她的裙角。我忽然横起笛子，笛声悠悠，那是爷爷在世时教我吹奏的《送行曲》。我吹着，直到画板在我的视线里渐渐地消逝，我看见女孩一次又一次地回过头来向我挥手。

第二年旺果的季节我每天守着果园。我在树叶的哗哗声中情不自禁地走向我去年吹笛的地方，青青的小草在树的四周蔓延。我将笛子横在唇边，悠悠的笛音在园中流淌，我在用笛声呼唤一个艺术精灵的到来。恍惚之中，我仿佛看见一个女孩款款而来，长圆脸，鼻梁挺直，一双丹凤眼又深又黑。我在果园边吹了一天又一天。

可是连续两年她都没来。那一年我经过努力抓住一个机遇走进一家艺术团，我日渐成熟的笛声开始在各个城市各个剧院流淌。但从此养成一个怪癖，每到一个地方演出都要找一个有果树的地方练笛。而且每年的暑假我都执着地回到家乡在果园吹几天笛子，我的心里始终珍藏着一个美好的愿望，渴望着神圣的重逢。

又一个果园飘香的季节。这天我在园边吹过一阵笛子后又迷茫地抬起头来，仿佛天边出现了彩虹，我的眼前站着一个身背画夹的女孩，又深又黑的眸子看着我吹笛的方向。

我和她静静地对望着。

可是，我失望地摇了摇头。这时女孩说话了："你每年都在这儿吹笛吗？"

我点点头。

"你是在等待一个叫兰的女孩吗？几年前她曾在这里写生，一个男孩坐在果园边吹笛，笛声在悠扬中透着忧郁，她画了一幅叫《果园笛音》的画……"

"是啊。"

说着姑娘拿出了一张报纸："你看，是不是这幅？"

我急切地说："是这幅画，她说如果发表留一份报纸给我，可是几年了，我每年都在这儿吹笛，却一直没有见到她。"

姑娘好像被我的叙述打动，惊异地看着我："你真这么想见她？"

"几年来，每年我都来这儿等她，为了能再见她，哪怕我随团在外演出也要在这个季节赶回家乡，来这儿吹笛。"

"可是，可是出了意外，就在见你后的第二年她到一个山上写生，不小心摔下山崖。"

"她怎么样？"我的心提到了嗓子眼。

"生命保住了，可腿……几年来她一直惦记着为你送报的事，却一直未能遂愿。"

"你带我去见她一面好不好？"我几乎哀求地望着她。姑娘缓缓地转过身去。这时候奇迹出现了，兰从对面的果园里闪了出来，仍是披肩的长发，只是腋下多了一根拐杖。

我和兰久久地对望着。

好久，她喃喃地说："我想再听你的笛声，再作一幅你吹笛的画。"

我慢慢地将笛子横在唇边，我听见一种发自我心灵深处的声音在我们身边流淌，那是我心中酝酿已久的乐符。我流着泪，泪珠滑过笛身，滋润着笛音，笛声显得深沉而清纯。

姑娘为她支起了画板，兰似乎沉醉在眼前的情景中，凝视许久，才缓缓地执起了画笔。